八ヶ岳・やまびこ不動産　冬の調べ

長田一

幻冬舎
MC

装画　町田帆奈美

物件Ⅰ　秘密の谷　5
物件Ⅱ　おひとりさま　59
物件Ⅲ　クラスメイト　107
物件Ⅳ　約束　153

物件Ⅰ

秘密の谷

八ヶ岳連峰は山梨県と長野県にまたがる大火山群だ。三千メートル近い岩山が雄々しく連なり、緑濃く深い森林地帯から、なだらかでおだやかな裾野につながる。真鍋（まなべ）智也（ともや）は、その光景を一望できる八ヶ岳の南麓に暮らし、地元の不動産事務所に勤務している。

十月に入り、南八ヶ岳周辺は紅葉見物の客でにぎわっている。外歩きには絶好の時季だが、今朝はずいぶん冷えこんだ。スマートホンの着信音に起こされて伸ばしかけた手を、思わずとめたほどだ。

昨夜は真夜中に強い雨音を聞いた。数日前にも夜中に冷たい雨が降った。そのとき上のほうは雪だったらしい。翌朝の通勤途中に車から目にした八ヶ岳は、けむるような紅葉の彩りに、山頂の純白がなんだかいさぎよく思えて目を奪われたけれど、その日の夕方には山の雪はあとかたもなく消えていた。この時季、朝晩の急な冷えこみと昼間の過ごしやすさは、毎年のことでもある。

着信音は東京にいる妻に頼んだモーニングコールだ。布団にもぐりこんでも音はやまない。今日水曜日は不動産業界の定休日だ。いつもはもう少し遅く起きる。今朝は隣の集落で行われる支障木伐採と林道整備の応援に行く約束をしている。

「おはよう。起きた？」

笑いをふくんだ妻の声に、おはよう、ありがとうと寝ぼけた声をかえすと、相手が変わった。

「おはよう、ともちゃん。きょうはくさかりですよ」

娘の声を聞いたとたんに半身を起こしていた。おはよう舞衣（まい）、と別人のようなはずんだ声が出た。ひとまわり下の妻の佳苗（かなえ）には付きあいはじめたころから智ちゃんと呼ばれている。いつしか娘も真似するようになった。

朝食を済ませるころには雲もすっかり消え、思ったとおり気温もあっというまにあがっている。昼の作業は汗ばむくらいになりそうだ。地区会長の丸山によると、真鍋が今日応援に行く集落では、昼間はみごとに老人と小さな子どもだけになるようだ。三十九歳の真鍋はどうやら参加者の中で最年少らしい。朝食をしっかりとって、農道に車を出した。

雨あがりの空気のせいで、遠くの山も、森も村も、いつもよりもっとくっきり見える。秋まっさかりの空は広く、高い。

田んぼをあとにして、紅葉に染まる森に入った。坂道の木々のあいだに石段がかいま見え、百体の石仏群で知られる海岸寺を横目に通りすぎる。海岸寺には、舞衣と佳苗と三人で訪れたことがある。石仏は皆おだやかな顔をしている。幼稚園児には地味すぎるかと心配したけれど、舞衣は飽きることなく、仏さまのやさしいお顔を、一尊一尊ていねいに覗きこんでいた。

県道をくねくねと北にのぼり、標高差二百メートルを超える坂を抜けた。大門ダム、通称清里湖にそそぐ大門川の支流に沿って北上がつづく。森を目の前に道なりに西に折れ、谷底の短い橋を渡る。橋を渡らず細い道を東に向かえば、奥秩父方面、瑞牆山（みずがきやま）や金峰山（きんぷさん）にたどり着く。

斜面を一気にのぼると目的の集落だ。ほんの数十分の紅葉見物だった。

稲刈りも秋蕎麦の収穫もほぼ終わっている。車から手が届きそうな畑の黒い実を目にして、蕎麦が食べたくなった。そんな真鍋の目の前にとつぜん男がひとり、畑のあいだから飛びだしてきた。真鍋はブレーキペダルを踏み、男は足をとめ顔を向けた。

数秒にも満たないつかのま男と視線がぶつかった。男は思いつめた目をしていた。次の瞬間、男が視線をはずして走り去った。クリーム色のジャケットを着た二十代後半の男。毛量の多い癖のある髪型。集落の人間ではないような気がした。

ブレーキペダルから力を抜いたとき、今度は中年の女性が、男と同じ畑のあいだの細い道から走り出てきた。知っている顔だった。すぐ近くの農家に住む滝沢亜紀だ。

「おはようございます」ふたたび車をとめて声をかける。「やまびこ不動産の真鍋です」

「ああ」亜紀が安堵の声をもらした。体じゅうの力が抜けるのが見てとれた。

真鍋はサイドブレーキを引いて車を降り、男が走り去った方向に顎を向けた。

「お知りあいですか」

亜紀はぶるんぶるんと頭をふった。

「でもうちの納屋の裏にいたみたいなんです。おばあちゃんが気がついて」

え？　と真鍋は目をみひらいた。

滝沢家のふたりの子どもは独立して県外に出ている。亜紀の夫は出勤している時間だ。家にいるのはもうすぐ六十になる亜紀と、八十代後半の姑のふたりだけのはずだ。

「おばあちゃんは？　今ひとりで？」

問いかけると、亜紀の顔が不安でゆがんだ。

そのとき車のエンジンをふかす音が聞こえた。真鍋も亜紀も音のほうを見た。

畑のあいだを、水色の軽自動車が猛スピードで走り抜けていく。

またたくまに、車は集落の西に広がる森に消えていった。

ほとんど同時に「おーい」と、東側の蕎麦畑のほうから男の声が聞こえた。ふり向くとトラクターの運転席から男が真鍋たちを見おろしている。

「なにかあったの？」

男はトラクターをとめて、よく通る声をはりあげた。

真鍋はトラクターに駆け寄りながら声を出した。

「男を見ませんでしたか。白っぽい上着を着た」

「ここを走っていったやつなら、今国道のほうに向かった水色の軽に乗ったよ」

走ってきた亜紀が足をとめて真鍋の顔を見た。男がくりかえした。

「なにかあったの」

真鍋が答える前に、「いいえ」と亜紀が首をふった。

「そう」男は気にすることもなく畑作業にもどっていく。亜紀が真鍋にささやいた。

「騒ぎにしないようにって、おばあちゃんに言われているんです」

真鍋は農道に車を置いて、亜紀とふたりで段々畑のはしをのぼった。

庭先に、姑の滝沢ヨシノが立っていた。

「おばあちゃん」

亜紀が悲鳴のような声を出してヨシノに走り寄った。

「なんだい、おおげさな」

ヨシノは苦笑して嫁の肩に手をのせ、真鍋を見た。

真鍋が名乗ると、ヨシノが知ってるよというように首を前に折った。

「林道整備のお手伝いに来てくれたんだろ。俊樹が、丸山俊樹（まるやまとしき）が喜んでたよ。今日はどうかよろしくお願いしますね」

真鍋と亜紀は、思わずうかんだ笑い顔を見かわした。

丸山俊樹は、地区会長でもあり、集落のはずれにある丸山製材所の社長でもある。六十を過ぎているが、ヨシノから見れば子どものようなものなのだろう。

けっきょく「おおかた都会から来て道に迷ったんだろ。あたしの大声に驚いて逃げだしただけだよ」というヨシノのひと言で、不審な男の件はケリがつけられた。真鍋はひそかに、あとで丸山社長に話しておかなくてはと考えた。

真鍋の勤務先は清里ラインと呼ばれる国道のすぐ西にある。国道をはさんで東側にある町に引っ越したのは、今年の春のことだ。すぐ近くに、明治大正昭和の校舎を復元した三代校舎ふれあいの里などの観光施設もあるにはあるが、りんご園の広がる台地から眺める集落周辺は、ひなびた農村の風景だ。じつは専業農家はほとんどなく、住民たちは市内外の会社や工場に通勤しつつ、先祖からの土地を守り、地元の歴史や風習を大切にしている。真鍋はそんな農村ののどかな雰囲気に惹かれて、単身者向けのワンルームアパートから、手ごろな価格だった古民家に移ってきた。以前の住まいから、車で数十分も離れていない。

八つの町村を合併して県内の自治体としては最大面積を持つ市内には、標高千三百メートルを超える清里高原があり、名水で知られる尾白川(おじらがわ)渓谷付近は標高四百メートル、さらに七里岩台地は道路から見あげるような景勝地、と、同じ市内でも標高差がはげしく地図で見るより距離があるので、移動時間がかかる。しかしそのおかげで、八ヶ岳連峰、南アルプス連峰、奥秩父連峰、そして遠く向かいあうように立つ富士山といった四方の山々の美しさに加え、山あいの傾斜地にある棚田、台地に広がる果樹園、シラカバ林、アカマツ林、真鍋は市内のどこを走っていても、いつもその景色に癒されている。

作業予定の森の入り口には砂利が敷かれた駐車スペースがあった。車を降りると、湿った土の甘い匂いが鼻孔の奥に入りこんできた。

現場に向かう坂の途中でチェーンソーの音が聞こえた。真鍋は足を速めた。

「真鍋さん！　おはようございます！」

先に女性の元気な声がした。一拍遅れて、機械の音がとまった。

真鍋は足をとめ、背中をそらし、目の前の三メートルほどの崖を見あげた。

朝の光でみかん色に透けて見える無数のブナの葉を背に、丸山瑞穂（まるやまみずほ）の笑顔があった。

丸山俊樹の長女で、歳は三十一。市内の林業事業体でおもに重機オペレーターをしている。父親ゆずりの人情味あふれるリーダーシップの持主で、会社に産休と育休の導入を提案して、おかげで女子の就職希望者が増えたそうだ。

「ご苦労さまです」瑞穂のうしろから瑞穂より年嵩の男が真鍋に声をかけてきた。

知らない顔だったが挨拶をかえした。瑞穂が真鍋に説明した。

「夕べの雨で足場が危ないから、今日は重機の出番がなくなったんです。有休もらって、こっちのお手伝いに来ました。今日はありがとうございます。父がとても感謝してます」

「とんでもないよ」

真鍋は片手をふって否定した。丸山には世話になっている。今日のことはもともと真鍋のほうから言いだしたことだ。

さらに林道を進み、集合場所にたどり着いた。

年配者にまじって真鍋より若い女性がもうひとりいた。瑞穂の中学の先輩の山崎成美。数か月前、幼い息子を連れて実家にもどり、今は丸山製材で事務の仕事をしている。成美が真鍋に気づいて会釈した。

立ち話をする人の輪の真ん中に松葉杖をついた人柄な人がいた。成美の父の山崎誠だ。最近骨折して今は休職中、集いの家と呼ばれる集会場に孫を連れてリハビリに通っていると聞いた。

山崎の足元で、孫の晴がめずらしいものを見るように真鍋を見あげている。真鍋は晴とは初対面だ。くるくるとパーマをかけたような髪型がかわいらしい。

晴の食い入るような大きな瞳に見つめられながら、真鍋は笑みをうかべて声をかけた。「はじめまして」

すると晴が、呼びかけるような、問いかけるような、小さな声を発した。

「パパ……」と聞こえた。

一瞬、人の輪が息をとめたような気がした。

真鍋は気づかぬふりをして晴に笑いかけた。

山崎がどこかとりつくろうように真鍋に告げた。

「先週、三歳になりましてね」

そうですか。真鍋は答え、晴の背の高さに膝をついた。

晴の大きな瞳が好奇心たっぷりに真鍋のその動きを追った。

「そうか、三歳かあ。お誕生日おめでとう」

晴がようやく屈託のない笑い顔になって、小さな口があいた。東京にいる娘の舞衣と同じ、かすかなミルクの匂いがする。

晴が無邪気に真鍋に両手を伸ばした。山崎があわてたように孫に声をかけた。

「真鍋さんだよ」

間違いを訂正するようでもあり、念押しするようでもある、そんな声だった。

晴が祖父を見あげた。笑顔を消して小首をかしげ、真鍋に視線をもどす。

真鍋は笑顔の消えた晴を見つめ、自分は笑顔で晴に名乗った。

「真鍋さんだよ。憶えてね」

晴は真顔で大きく首を前にふり、「まなべさん」と復唱した。

立ちあがろうとした真鍋の目に、成美が胸の前で両手を握っている姿が映った。

真鍋はもう一度しゃがみなおし、晴の顔を覗きこんだ。

「真鍋智也っていうんだ。ともやでも、いいよ」

「ともやがいい」晴が即座に答えて笑顔にもどった。

真鍋は少し迷いながら、右手の拳を下に向け、晴の前にそっと突きだした。

グータッチは通じ、晴が上機嫌で小さな拳をかえしてきた。

林道から車の音が聞こえてきた。軽トラックが近づいてくるのが見える。集いの家のスタッフが山崎と晴のために立ち寄ってくれたのだと、老人のひとりが説明した。

祖父と孫が軽トラに乗りこんでいく。

「ともやぁ、がんばれぇ」

祖父の膝の上で晴が叫び、これでいいの？　というように祖父を見あげる。

山崎が孫息子の頭に手を置くのが見えた。


森の枝も葉も、安全靴の下の草も、昨夜の雨をふくんでいる。作業はしぶきを飛ばしながら進められた。

小一時間もすると、何人かいた現役世代たちは次々に作業を切りあげ、それぞれの仕事先に向かっていった。山崎成美も去り、真鍋以外は後期高齢者ばかりになった。

森から降りてきた男が、瑞穂を手伝ってやってほしいと真鍋に告げて立ち去った。瑞穂はひとりで用具を片づけていた。お疲れさま、と真鍋も手伝った。

瑞穂が手を動かしながら真鍋に話しかけてきた。

「今朝はたいへんだったみたいですね。父から聞きました。不審者情報」

騒ぎにする必要はないとヨシノは言ったが、やはり丸山会長には連絡したのだろう。

「ぼくはなんにもしてないんだよ」と真鍋は笑った。「だけど物騒だよね」

瑞穂の反応がなかった。思わず彼女を見た。瑞穂は沈黙のまま、視線をあげずに手を動かしている。少し遅れて真鍋に訊いてきた。

「どんな男でした？」

なんとなく、いつもの瑞穂らしくない、そう思いながら真鍋は答えた。

「一瞬だったからねえ」

迷いながら、はぐらかすような口調になっていた。瑞穂も気づいたのだろう。ほんの一瞬、さぐるような視線を向けてきた。そのあとは口をひらかず、用具類を提げて黙って歩きはじめる。崖の上から明るい声をかけてきた瑞穂とは別人のようだ。

真鍋は瑞穂と並んで森を歩きながら、今朝集落の入り口で車の前に飛びだしてきた男の顔を思いだそうと努めた。なぜか胸騒ぎがした。

瑞穂がさりげない口調で尋ねてきた。

「社長はお元気ですか」

真鍋の勤務先では先代社長の望月が亡くなり、妻の真千子が社長に就任した。

「おかげさまでね。瑞穂ちゃんにも会いたがってるよ」

瑞穂はふたたび沈黙した。真鍋は言葉をさがした。ようやく瑞穂が声を出した。

「社長には、成美先輩の件では本当にお世話になりました。またあらためてご挨拶にうかがうつもりでいます」

山崎成美は瑞穂の幼なじみでもある。成美が集落にもどったときに噂を耳にした真千子が声をかけたことがきっかけで、瑞穂のほうから相談に行ったと聞いている。

「ご挨拶なんていいから、またおいしいパン屋でも紹介してやってよ」

清里駅近辺のパン屋の話題でふたりがもりあがっているのを見かけたことがある。

いつもの瑞穂なら笑いにするところだ。今日は硬い笑みだけがかえってきた。

真鍋は明るい声をつづけた。「でも成美さんも元気そうで安心したよ。よかったじゃないか。離婚して気持ちを新しくして、この町で再スタートってことなんでしょ？」

「……ええ」

やはり瑞穂にはめずらしく、歯切れが悪い。

とうとう集合場所に着いてしまった。

持ち寄りや差しいれの昼食を皆でかこんだ。そこでの瑞穂は陽気だった。

森の入り口に車を置いてきた真鍋と瑞穂に、老人のひとりが途中まで乗せてやろうと声をかけてくれる。ふたりは男の軽自動車に乗りこんだ。

林道の分かれ道で男の車から降りて、さらに坂をくだる。真鍋のどうでもいい問いに短くかえしてはきてもすぐに黙りこむ瑞穂と、並んで歩く真鍋を、からっぽの中型バスが追い越していった。小学生を送り終えたスクールバスだ。

砂利の上には、真鍋の車と瑞穂の車だけが残っていた。

ふと瑞穂が足をとめた。彼女の視線の先に、あぜ道を歩く子どもの姿が見えた。

「悠斗だ」瑞穂が独り言のような低い声をもらした。「谷に行くんです」

「ひとりで?」

「ええ」瑞穂は短く答えた。

「危なくないの?」

「危ないと思いますよ。ご両親も注意してるんだけど、内緒で行っちゃうんですよ」

川上悠斗（かわかみゆうと）は瑞穂と同じ集落に住む小学四年生だ。背中のリュックから釣り竿らしい物が顔を出している。

学校が夏休みに入る少し前に、悠斗の祖父の川上勇が脳卒中で急死した。真鍋は川上勇とは数回言葉をかわしただけだったが、祖父と孫が釣り竿をかついで山道や川岸を並んで歩く姿を運転席から何度か目にしていた。

瑞穂が悠斗に目をやったまま尋ねてきた。

「真鍋さん、朝まずめって知ってます?」

「うん。聞いたことあるよ」

釣り用語で早朝一時間ほどの時間帯をさす。水中のプランクトンが動きだし、捕食する魚たちも活動を始めるため、釣果があがるという。

「わたしは釣りはしないんですけど、夕まずめもあるんですよね」

「らしいね」

「悠斗はそういう時間に、亡くなった勇じいちゃんと一緒に通った谷を、ひとりで見に行くようだって、悠斗のお母さんが話してくれました」

「そうなんだ」

真鍋はひとりで歩く悠斗に視線をもどした。

ふいに、瑞穂がなにかを思いついたように真鍋を見た。

「真鍋さん、今日はこれからお忙しいんですか」

「今日？　暇だけど」

「お願いがあるんですけど」

「いいけど。なに？」

「わたしが声をかけてみますから、真鍋さんから悠斗に、川に行くんなら車で送るよって、言ってみてくれませんか。真鍋さんになら、なにか話してくれるかもしれない」

悠斗と口をきいたのは一度だけ、町で父親の川上とばったり会ったときに、一緒にいた悠斗を紹介されて挨拶しただけの仲だ。唐突であいまいな瑞穂の提案だったが、真鍋はいつもの彼女にもどったような気がして、なんとなく安心した。

「悠斗ね、勇じいちゃんのお通夜では、ずっとひどくしゃくりあげていて、見てるこっちが苦しくなるくらいに号泣してたのに、次の日の告別式では、まったく泣かなかったんです。大人に言われたんだと思うけど、きっとすごく無理してたんだと思うんですよね。ひとりで勇じいちゃんの秘密の谷に行って、今も泣いてるかもしれないなんて考えると、たまらない。お願い、悠斗となにか話してみてください。なにもわからなくていいですから」

「ぼくはべつにかまわないけど」

「ありがとうございます。真鍋さんなら大丈夫です」

瑞穂は自分の車に乗りこみ、舗装道路に車を出した。

なにが大丈夫なんだと苦笑しながら、真鍋も瑞穂の車を追った。

悠斗が舗装道路をはずれる前に、瑞穂の車は悠斗に追いついた。

気づいた悠斗が足をとめた。瑞穂が真横にとめて呼びかける。

「悠斗どこ行くの」

悠斗はなにも答えず肩をすくめ、うしろにいる真鍋の車の中を覗きこんだ。

真鍋は車を降りた。悠斗が目をみはった。興味津々といった顔だ。

「こんにちは」

真鍋がかけた声に、悠斗はわずかに顎を動かした。

瑞穂が運転席から悠斗に声をかけた。

「不動産屋さんの真鍋さんよ。知ってるでしょ。ねえ、乗せてってもらいなさいよ」

悠斗がさらに目を大きくし、真鍋を凝視しなおした。

「真鍋さん、今日暇なんですって」

瑞穂の遠慮のない声に悠斗がまばたきし、どこかすまなそうな視線を真鍋に向けた。

「遠慮なんかしなくていいのよ」

そう言う瑞穂の思惑はよくわかる。悠斗の困惑もわかる。真鍋は笑いをこらえた。

悠斗がさぐるように真鍋に訊いた。

「いいんですか」

自分が言いだしたのに、瑞穂が、え？　という顔で悠斗を見た。

真鍋は悠斗に答えた。「いいよ」

瑞穂はまだ意外そうに悠斗の顔を見ていた。

真鍋の車に乗りこんできた悠斗が、走り去る瑞穂の車を見ながら言った。

「ごめんなさい。瑞穂ちゃん、悪気はないんです」

しかたないんですよとでもつづきそうな妙に大人びた口調だった。

真鍋は声をあげて笑った。悠斗は真顔をくずさなかった。

「笑ったりしてごめん。ぼくが今言おうと思っていたことだったから」

「……悪気がない、ってこと？」

「そう」

「でもホントだから」悠斗は真顔をつづけている。

「そうだね。わかるよ」真鍋も笑いを収めた。「で、どっち方向に向かえばいいの？」

悠斗が手を伸ばして田んぼの真ん中の十字路を指さした。

「あそこを右に曲がった、坂のすぐ先です。そこで降ろしてください」

「ちょっと待って」もう少し時間が欲しい。真鍋は考えた。「坂の途中のキャンプ場のある森の入り口近くに、お店があるだろ？」

「うん」悠斗はなんのことかという顔で真鍋を見た。

「ついでにそこまでのぼって買い物したいんだけど、それだと行きすぎかな」

「そんなことないけど」

「じゃあ、そこまで付きあってよ」

「……いいけど」

自分はなにをむきになっているのだろうとひそかに苦笑しながら、真鍋は車を出した。悠斗がかかえている竿に目をやり、尋ねてみる。

「ひとりきりで怖くないの？」

悠斗が前を向いたまま、なんでもないことのように答えた。

「スマホの圏内だし、ＧＰＳもあるし、天気予報も細かくチェックしてるから」

「そうか……」

悠斗は顔を動かさず、口調も変えず、唐突に真鍋に尋ねてきた。

「単身赴任ってホント?」

「え?　ああ、ぼく?　そうだよ」

悠斗はそれを訊きたくて車に乗ったのかもしれない。乗せてもらいなさいよと瑞穂に言われて自分の顔を見つめてきた悠斗の視線を思いだして、真鍋はそんな気がした。

「東京に家族がいるの?」

「うん」

「寂しくないの?」

「そうだねえ、男のひとり暮らしはわびしいけど、でも慣れちゃったかな」

悠斗が黙った。わびしいってなにと訊かれたらどう説明しようかと考えたが、悠斗はなにも訊いてこなかった。

形は単身赴任だが、別居ではないのかと言われたら、じつは言葉をつまらせてしまうかもしれない。小さな言い争いからこじれにこじれ、妻は娘を連れて実家にもどり、すれ違いがかさなり、真鍋はひとり真冬のこの町に流れついて、やまびこ不動産の社長夫婦に拾われた。事情を知っているのは事務所の仲間だけだ。紆余曲折、今は妻ともわかりあえているし、義理の両親や家族とも円満のつもりでいる。単身赴任とどこが違うというのか。

黙りつづける悠斗にうながされるようにして、真鍋は口をひらいた。

「正直に言うと、東京からこっちに来たばかりのころは、すごく寂しかったよ」

悠斗が首を真横に向けてきた。真鍋は前を向いていた。

「でも奥さんとたくさん話をして、わかってもらって、そしたら離れていても、なんだろう、寂しいのは寂しいけど、でも会えなくても、昔みたいにつらくはないんだ」

相手は小学四年生だと思いだしたが、そんなことはどうでもいいような気がした。

「つらくないのは……」悠斗が声を出した。それから沈黙し、言葉をさがしているようだった。そしてひかえめに言葉をつづけた。「……信じているからかな?」

なるほどと気がついた。妻のことも自分のことも、今なら信じられる。

単身者向けアパートから、家族三人には広すぎるくらいの一軒家に移った真鍋のもとに、佳苗はまだ越してこない。それでも、まあいいか、いろんな夫婦がいる、とおだやかな気持ちでいられるのは、佳苗と自分を信じているからだろう。

真鍋は悠斗の言葉に感心して、素直に彼に答えた。

「そうだね。きっと、そうなんだろうね」

「だけど」

悠斗は言いかけて、また言葉をとめる。真鍋はうながした。

「なあに」

「大人はいいけど、子どもは、東京にいる子どもは、どんな気持ちなんだろう」問うというより責めるような響きを真鍋は感じた。「だってお父さんとお母さんが離れて暮らしていて、お父さんは遠くにいて、そういうとき、でも子どもは小さいからなにもわからないだろうって、真鍋さんも、そう思いますか」

悠斗は両親と三人暮らしだ。真鍋は悠斗の両親をよく知っている。家庭に問題があるようには思えない。学校の友だちに、似た事情の親を持つ子でもいるのだろうか。

そんなことを考えていたときだ。崖沿いのカーブの向こうからとつぜん大きな赤いバイクが現れた。真鍋は反射的にブレーキペダルに足をのせた。赤いバイクは白線のない舗装道路を速いスピードで走ってきて、またたくまに走り去った。

ミラーでバイクを見た。ふたりのライダーは真っ赤なヘルメットをかぶっていた。

とうとうバイクはスピードをおとさなかった。真鍋は山あいの細い道ほど左寄りを走る癖がついている。のぼり坂でスピードも出ていなかった。それでも真鍋がわずかでもブレーキペダルに足をのせなければ、カーブの先端で車体どうしが接触していたかもしれない。

今ごろになって自分の胸の鼓動が速くなっていることに気がつき、真鍋は苦笑しながら言った。

「危ないなあ」

「ホントだよ」

悠斗の声には怒りがあった。真鍋は悠斗の怒りに驚いた。

悠斗が口をとじ、真鍋は話をつづけた。

「さっきの話だけど、ぼくの娘、舞衣っていうんだけどね。ぼくはなかなか東京には行けないんだけど、奥さんが舞衣を連れて、月に一度か二度、会いに来てくれるんだ」

悠斗が首をまわしてこっちを見た。

「じゃあ月に一度は会うの？」

「そうだね」

「そう……」

「ごくたまに、娘にパパに会えなくて寂しいだろってわざと訊くんだよね。娘はぽかんとしてママを見て、ママに合図されて、言うんだよ。寂しいけどパパががんばってるから舞衣もがんばるよって。これって完全に言わされてるだろ。だからぼくも最近は訊かなくなった。でも小さいからなにもわからないだろうなんて思ったことは、一度もないよ」

「……ごめんなさい」

「なんで？　謝ることなんてなにもないじゃないか」

「でもぼく、ちょっとわかった気がする。子どもは、お母さんがお父さんを信じているんだってことが、わかるんじゃないかな。小さくても、それで安心できるんじゃないかな」

「そうかもしれないな。そうだといいな」

「きっとそうですよ。ぼくはそう思います。大丈夫ですよ」

悠斗は敬語を使って励ましてくれる。真鍋もきちんと応えた。

「ありがとう。ぼくもそう信じるよ」

悠斗が隣で、深くうなずいた。


コンビニの駐車場に、小型ジープがとまっていた。車体にまだ濡れているような黒い泥が残っている。釣り支度ふうの男がふたり、ベンチで缶コーヒーかなにか飲んでいる。

真鍋は、車に残ると言う悠斗を置いて、店に入った。

商品棚から目当てのトイレ洗剤を取り、ついでに今夜のおかずをいくつか選んだ。

顔見知りの若い店員が「男やもめはわびしいですね」と笑ってレジに立つ。

「こいつは」と、店員はトイレ洗剤を手にとった。「今日は二本目ですよ」

真鍋はボトルのラベルに目をやった。混ぜるな危険。

「ついさっきナナハンに乗った男のふたり連れが、なぜかこれだけ買っていきました」

カーブにとつぜん現れたバイクを思いだした。

「赤い車体の？　真っ赤なヘルメットの？」

「そうそう。ツーリング途中でトイレ掃除かよって、内心で突っこみましたよ」

「へんな連中だね」

真鍋も笑って、店を出た。

悠斗は車の外にいた。ベンチにいた男たちと立ち話をしている。真鍋より何歳か若いふたりが真鍋に挨拶してきた。野田と本間。真鍋も名乗った。

「悠斗くんに道を訊いてたんですよ」

「というか、お勧めの穴場を」

ふたりは、悠斗が亡くなった祖父から渓流釣りの手ほどきを受けたことを聞いていた。悠斗が真鍋に言った。

「真鍋さん、ありがとうございました。ぼく、ここでいいです。ここから川沿いにおりて、この人たちを案内しようと思います」

「え？　いいの？」「悪いね。うれしいな」

悠斗の言葉を聞いたふたりは驚き、顔を見あわせた。野田が悠斗に尋ねた。

「でももしかして、そこって、おじいちゃんの秘密の谷じゃないの？」

「いいえ、みんな知ってます。ちっとも秘密じゃないですよ」

機嫌のよさそうな悠斗を見て、真鍋も言ってみた。

「だったらぼくも一緒に行けないかな」

悠斗が即座にそっけなく答えた。

「無理じゃないですか」

「行ける所まででいいよ。足手まといかな」

「ぼくらなら、べつにいいんだよ」

野田にそう言われて、悠斗は「じゃあ」としぶしぶ承諾した。


店員に事情を話して、二台の車を駐車場に置かせてもらった。

四人はゆるい斜面を川沿いにおりた。昨夜の雨で川は増水していた。

「そこ危ないよ、真鍋さん、ほら足元！」

悠斗が鋭い声を出し、真鍋は思わず、はい、と答えた。野田と本間が笑いをもらした。

舗装道路から離れ、足場が狭くなってきたあたりで、野田が足をとめて悠斗を見た。

「もしかして、ここ?」

悠斗がにっこり笑ってこくんと首を縦にふった。

男たちも笑顔をかわし、先を急いだが、すぐにふたりは足をとめた。

男たちの異変が真鍋に、そして悠斗にも伝わった。

男たちはそろってゆっくりふり向いて、悠斗の顔に目を向けた。

真鍋は、すぐ目の前で足をとめた悠斗の背中に目をやった。悠斗が川面に視線をおとしたのがわかった。小さな背中がびくんと震えた。真鍋は理由もわからないまま反射的に悠斗の背中に手を伸ばした。野田と本間も同じタイミングで悠斗に近づき、渓流を隠すかのように悠斗の前に立ちふさがった。

真鍋の手が悠斗の肩に触れた。悠斗がまるで待っていたような早い動きで体をまわしてきた。真鍋の胸に顔を押しつけてくる。かすかに体を震わせている。

真鍋は男たちの体越しに、渓流の奥に目をやった。

透きとおった流れの面に、数匹の魚の白い腹が浮いていた。

「ひどいことする……」

野田のつぶやくような声が、真鍋の耳に届いた。事故ではないということか。悠斗には聞かせたくないと思った。とっさに悠斗の体を抱きよせ、野田と視線を合わせた。

野田が察したようにまばたきをした。真鍋に告げた。

「いや……、ぼくはそういう目に遭ったことはないんですが、聞いたことがあるんです。だれにも知られていないはずの穴場に気づいたやつが、先どりされたと思って嫉妬して、いやがらせみたいなことをするって」

「いやがらせ？」

真鍋はくりかえしながら、本当は悠斗の耳をふさぎたかった。

「ええ。それが本当なら、まったくなさけない話ですよ。農薬とか洗剤とか、わざわざ用意してやってくるやつもいるって、聞いたことがあります」

洗剤。真鍋は脳裏で反芻し、コンビニの店員の話を思いだした。

野田が息を整えて、静かにつづけた。

「でも、ただの事故かもしれない。だれかが勘違いしたための、過失かもしれない」

真鍋は声にしかかっていた言葉をのみこんだ。

笑顔で悠斗に礼をくりかえし、野田と本間のジープが駐車場を出ていく。ふたりは自分たちが見たものを地元の漁協に伝えておくと言い残していった。

真鍋と悠斗も車に乗った。

「真鍋さん、さっきはごめんなさい。なんだかなにも言えなくなっちゃって」

「あたりまえだよ。ショックだったろ。ぼくだったらもっと取り乱してる」

「ホントに?」

「もちろんだよ。見かけより気が弱いんだ。いや、見かけどおりかな」

真鍋は苦笑してみせた。ステアに手をのせ、エンジンをかけるのをためらっていた。

悠斗がぼんやり声を出した。

「でもなんで」

言葉をとめて、また黙りこむ。

真鍋は悠斗のかわりに言葉にした。

「なんであんなひどいことをするんだろうね」

さりげなく口にしたつもりだったが、渓流に浮かぶ魚の白い腹が脳裏によぎり、怒りがこみあげてきた。

「真鍋さん」悠斗が喉になにかがつまったような声を出した。

「どうした？」

「ぼく、祖父ちゃんが見たら、きっとすごく悲しいだろうなって思って……」

真鍋は、釣り道具を肩にかけて並んで歩いている悠斗と祖父の姿を思いだした。谷川に向かって立つふたりの姿を、思い描いた。

悠斗が、声をころして泣いていた。

真鍋は左手を伸ばして悠斗の頭をかかえこんだ。

悠斗は真鍋の肩に頭をかたむけ、声を出さずに泣きつづけた。

これからどうするか悠斗に訊いた。悠斗は家にもどると答えた。

「送ってってもいいかな」

悠斗は小さく息を吐いた。すぐに素直な声が聞こえた。

「お願いします」

真鍋はのぼってきた坂道をひきかえさず、林道を抜けて農道に出る近道を選んだ。

悠斗も真鍋も、口をひらかなかった。

「あれ？」真鍋はふと見慣れた光景に気がついた。「この道、このまま行くと、集いの家の前を通る？」

悠斗が、呆れたようにも非難するようにも聞こえる声を出した。

「知らないで走ってたの？」

最初のころの口調にもどった悠斗に、真鍋ははずんだ声で答えた。

「一応たしかめただけだよ」

集いの家が見えた。スピードをおとして庭でも覗いてみようかと考えたとき、庭から車が出てきた。それも二台。二台目は丸山瑞穂の車だった。

悠斗も気がついた。「瑞穂ちゃんだ」

瑞穂のほうも気がついたらしい。車を道路ぎわの草地に乗りいれて、とめた。

前を走っていた車が瑞穂の車の動きを見たのか、真鍋の車の手前で停止した。

運転している男は真鍋の知らない顔だ。悠斗が教えてくれた。

「あの人、集いの家の人だよ」

集いの家の男性職員が車を降りてきた。先にうしろの車から降りた瑞穂が、男を追い越して真鍋の車に走り寄ってくる。

真鍋も車を降り、息を切らしている瑞穂に近づいた。

「なにかあったの」

「晴ちゃんがいなくなっちゃったんです」

「いなくなった？」

「どこにもいないんです。でも山崎さんにお願いされて、みんなにはまだ言ってないんです。今日はお年寄りが多いから、わたしたちも心配させないほうがいいのかなと思って」ふと、瑞穂は車を降りてきた悠斗の顔に目をとめた。「どうしたの、悠斗」

瑞穂の驚く声に、真鍋はふり向いた。悠斗の顔が真っ青になっている。

「晴は？　晴、大丈夫なの？」声も震えていた。

「大丈夫よ。すぐに見つかるから。心配しないで」

瑞穂に言われても、悠斗は顔をこわばらせて体を硬くしたままだ。

悠斗の予想外の反応に、真鍋の中でなにかが動いた。ふと視線を感じた。瑞穂がこちらを見ている。なにかを伝えようとしている顔つきだ。真鍋は瑞穂に尋ねた。

「どこかに連絡した？」

「いえ。山崎さんと晴くんは用事ができて早退したって、皆さんにはそう言ってあります」

瑞穂がじれたような声をかえしてきた。真鍋の反応にがっかりしたのだろう。

彼女はいらだちを残したまま、今度は悠斗に顔を向けた。

「ねえ悠斗、ちょうどよかった。頼みがあるの。悠斗にしかできないことなの」

悠斗は黙ったまま、どこかぼんやりした目を瑞穂に向けた。

「坂本さんは」と、瑞穂は短く隣の男に顔を向けた。「移住してきたばかりなの。わたしたちもとりあえず近くを走ってさがしてみるつもりだけど、悠斗なら村でも森でも、どんな道でもくわしいでしょ。坂本さんの車に一緒に乗って、案内してもらってもいい？」

「うん、いいよ」

「じゃあお願い。あんまり心配しすぎないようにね」

「はい」

悠斗の素直な返事に、瑞穂の顔がやわらいだ。

悠斗は坂本の車に乗り、車は真鍋と瑞穂の横を走り去った。

瑞穂が、真鍋の車の左側にまわりながら、せわしげな声を出した。

「事情を話しますから真鍋さんの車に乗せてください。で、ここから離れて」

車のドアを閉めるや否や、瑞穂はじれったそうに話しはじめた。

「ごめんなさい、今朝は成美先輩は離婚したって真鍋さんに言ったけど、本当は離婚は成立してないの。晴くんの親権でもめていて。だから名字も、結婚した先の土屋のまんま」

「土屋？」

真鍋ははじめて聞く名をつぶやきながら、車を出した。

「そうなんです。山崎じゃないんです。そのこと知っているのは成美先輩の雇い主で、地区会長のうちの父だけ。集落の人も丸山製材の社員もだれひとり知らないんです」

そんなことになっていたのか。真鍋はゆっくり息を吐いた。

「成美先輩のお父さんに、山崎さんに、口止めされていて、父もみんなの前で山崎さんが宣言しちゃったから、なにも言えなかったって言ってました。だからやまびこの社長さんにも、わたし、まだ言いそびれちゃってて」

「しかたないさ。気にしないで」

見渡すかぎりの田園地帯にいた。たぶん瑞穂もさがす当てはないのだろう。真鍋はとりあえずゆるい坂をゆっくりのぼった。そのあいだも瑞穂は話しつづけていた。

「わたし、父の電話で、滝沢さんちの庭にいたっていう不審者のことを聞いたときから、いやな予感がしてたんです。さっき晴くんがいなくなったって職員さんから聞いたとき、すぐに滝沢のおばさんに電話して、不審な男が乗って逃げたっていう車のことを聞きました。真鍋さんも見た水色の車」瑞穂は車種を口にした。滝沢亜紀にも電話で伝えたが、亜紀は車種はわからないと答えたという。「小型で、全体的に丸くてかわいらしい感じの車だったって、おばさんから聞いて、わたし、成美先輩の車だと思いました」

真鍋も車種には自信がない。その前に山崎成美、いや土屋成美が乗っている車を知らない。それよりも、瑞穂の話が、にわかには信じられない。

「そうなの?」

「だと思います。滝沢のおばあちゃんもトラクターに乗っていた人も、きっと気がついてないと思うけど。わたし不審者は、成美先輩の車に乗った、晴くんの父親だと思ってます」

瑞穂の強い口調を聞いて、真鍋はとうとう、段々畑のわきの斜面で車をとめた。

エンジンを切ると、瑞穂の荒い息遣いがはっきりと聞こえた。

「でも成美さんは逃げてきたんじゃないの? 相手を許したってこと?」

「そりゃあ、迷ってるんじゃないんですか。もしかして脅されたのかも」

瑞穂の声が弱くなった。

真鍋は集落の入り口で車の前に飛びだしてきた男の顔を思いだしてみた。量の多い硬そうな癖毛が、幼い晴の天然パーマのような癖毛とかさなった。

「晴くんを連れだしたのも、晴くんのお父さんってこと?」

「だって、ほかにいるわけないじゃないですか。きっと親権でもめてストーカーみたいになっちゃってるんですよ。ひどい事件になったっていう話だって、あったじゃないですか」

たしかに親権がらみの事件のニュースを聞いたことがある。だけど、と真鍋は思う。

「そうじゃないことのほうが、ずっと多いよ」

興奮する瑞穂に、諭すように静かに反論しながら、真鍋の胸の奥に痛みが走った。

真鍋自身も、舞衣に会いたくて気が狂いそうな時期があった。けれど今は違う。奥さんとたくさん話をしてわかりあえたから、もうつらくないんだ。悠斗にしたそんな話を、瑞穂にもしたかった。そういうことだってあるんだよ、と。

瑞穂がつぶやいた。

「晴くんになにかあったら、わたし許さない」

真鍋はさぐるように尋ねた。

「警察に、知らせる?」

「だめ」瑞穂が頭を動かした。「そんなのだめです。先輩も晴も、かわいそう」

「だったら、その人を追いつめるのは、よくないと思うよ」

「……わかってます」

「成美さんにはもう知らせたの？」

「成美先輩、今日は社長の代理で東京出張なんです。電話したけど電車の中みたいで、留守電になりました」

「出張だったのに朝の作業に出たの？」

「お父さんから、どの仕事もきちんとやりなさいって言われたって、話してました」

「山崎さんは？　今どこ」

「早退したことになっているから、今はわたしの友だちの車の中にいます。彼女が水曜定休なので、合流してこれからふたりで遠出するつもりだったんです」

ふいに真鍋は、悠斗に言われた言葉を思いだした。

「東京にいる子どもはどう思っているんだろう。小さいからなにもわからないだろうって、真鍋さんも、そう思いますか」。真鍋さんも。たしかに悠斗はそう言った。

瑞穂の女友だちの車がいるという蛍の広場に向かった。

松葉杖をついた山崎が真鍋の車に移り、瑞穂は友だちの車に乗った。

真鍋は山崎に、目撃された不審者のことと水色の車に関する瑞穂の推測について話した。山崎が声をおしころした。

「成美が、車を貸したということですか」

「まだ確証はありませんが」

「……」

「山崎さん、晴くんのお父さんについて教えてもらえませんか」

山崎は両手で頭をかかえた。

「わたしは、一度も会ったことがないんですよ。話もしていません」

「そうだったんですか」真鍋はひそかにため息をのみこんだ。「なんでもいいんですが」

「……成美は、ショッピングモールみたいな所で履物を担当していて、相手は靴を買いに来た客だったそうです。でもそういうことは、わたしは成美のおなかに子どもができたあとで知りました。それも成美の電話で。驚いたわたしが怒鳴ったら、娘からはそれからはなんの音沙汰もなくなり、相手の男からも連絡ひとつなく、生まれたはずの孫の顔を見せにも来ませんでした。娘の話だと、相手は今は仕事を解雇されたそうです」

なにがあったんです。そんな思いが口までのぼったがすぐに消えた。

「娘は小さいころからずっと、やさしくて、しっかり者の、がんばりやなんです。成美が中三の冬に母親が事故で亡くなって、急なことで受験はとても無理だろうと思っていたのに、あの子は町の良い高校に受かってくれて。それから三年間、わたしは毎日毎日、駅まで車で送り迎えしました。卒業の前日に三年間ありがとうって言われて、あいつを降ろした車の中で号泣しましたよ。その子が嵐の真夜中に、とつぜんわたしの孫を抱いて痣だらけでころがりこんできた。ぼろぼろになって帰ってきて、何日も何日も、ひと晩じゅう泣いているんです。息子の前でだけは口元に笑顔をつくって涙をこらえて、裏では重病人みたいに四六時中涙をためている。見るのもつらかったですよ。そんな目に遭わせた相手を、許せるわけがないじゃないですか」

真鍋自身もかつて同じような修羅場にいた。佳苗の家出に彼女の姉や母親がかかわっていたと知ったとき、真鍋はふたりを恨み、自分を責めた。それでも今は互いにわかりあえ、あのときのふたりだけでなく、あのときの自分自身も、今は許している。

「娘がようやく少しだけ笑顔を見せるようになったのは、仕事に就いてからです。丸山製材の社長さんとお嬢さん、お嬢さんは成美の後輩なんです。あのおふたりの、おかげなんです」

「それと、お父さんの前で何日も何日も、たっぷり泣いたからじゃないんですか」

山崎がはっとしたように真鍋を見た。真鍋は笑みをかえした。

そうでしょうかと問いかけるような山崎のまなざしに真鍋はうなずきかえした。

「大丈夫ですよ。信じてあげましょう」

なにを？　だれを？　訊かれたら、真鍋も答えられなかっただろう。

山崎はなにも訊かず、わずかに希望を見いだしたようなまなざしを伏せた。

真鍋はなんとか口元に笑みを残して、説得をつづけた。

「なんでもいいんです。成美さんとの会話の中で、晴くんの父親が晴くんを連れていきたいと考えていたような場所に、なにか心あたりはありませんか」

「無理です。娘とそんな話、したことはありませんよ」

そのとき山崎のスマホが鳴った。スマホを取りだした山崎が真鍋を見た。

「娘です」

「あとで、ぼくと代わってもらえますか」

「はい。車のこと……、真鍋さんから訊いてやってください」

山崎は電話をつなぎ、低い声で娘に答えた。

「……ああ、まだ見つかってないんだ。本当にすまない。一緒にいたのに。心配かけて、すまない。……いや、それは心配ないよ。皆さんはなにも気づいていないはずだ。なあ成美、やまびこの真鍋さんが、一緒にいるんだ。おまえに訊きたいことがあるそうだ」

真鍋はスマホを受けとった。成美のおちついた声が聞こえた。

「お騒がせしてすみません。いろいろと、お世話になります」

「いえ。成美さんに、確認したいことがあります。車を用意したのは成美さんですか」

ほんの一瞬、息をのむ気配がした。すぐに静かな声がかえってきた。

「はい、駅でおちあって、キーを渡しました。一日でいいから晴とふたりきりで過ごしたいって、電話で言われて」

「どんな感じでしたか。ようやく晴くんに会えるからうれしそうだったとか、なんとなく思いつめているようだったとか」

「さあ……。電話では、晴に会えるのを楽しみにしていると、口では言ってましたが、駅では……なんだかとても、冷静に見えました」

「晴くんとふたりでどこかに行きたいとか、話してましたか」

「いえ。話はできませんでした。近くに人がいましたので」

真鍋はふたたびため息をのみこんだ。

「どこか行く先に、心あたりはありませんか」

「……電話では、どこか静かな所がいいなと、言っていたと思います」

静かな場所。ぼんやりと、なにかが見えてきそうな気がした。

「ありがとうございました。なにか思いだしたらぼくにも連絡をください」

「どうか、お願いします」

真鍋は自分のスマホから成美に電話して番号を残した。

フロントガラス越しに、友人の車の横に立つ瑞穂と視線が合った。

ふいに瑞穂の言葉の断片を思いだした。「朝まずめって知ってますか」「悠斗なら、村でも森でもどんな道でも知ってるでしょ」。悠斗と野田と本間と、四人で歩いた渓流沿いの景色がうかんだ。そして車の中でかわした悠斗との会話。晴が行方不明と聞いたときの悠斗のこわばった顔。ようやくつながったと、真鍋は思った。

真鍋は山崎を残して車を降りた。同時に瑞穂がこちらに駆けてくる。

瑞穂に悠斗の携帯番号を知らないか訊いた。瑞穂は、それはわからないが今悠斗と一緒にいる坂本という男性職員の番号ならわかると答えながら、スマホを出した。


坂本に連絡して車三台が集まった。

山崎は坂本の車に乗り換え、悠斗が降りてきた。瑞穂と彼女の友人は友人の車で、山崎は坂本と、二台はそれぞれ、付近の捜索をつづけることになった。

残された真鍋の車の中で、悠斗とふたりきりになった。

「……ごめんなさい」

悠斗がうなだれて小声を発した。真鍋は笑った。

「どうして謝るのさ」

「だって、ぼくのせいだから」

「結論が早いな。順番に聞かせてくれよ。いいかい。悠斗は今朝早起きして、学校に行く前に谷を見に行った。そうじゃないのかい？」

「なんで知ってるの」

「知らないよ。そんな気がしただけだよ。その途中で、晴くんのお父さんと会った。そう？」

「ごめんなさい」

「だから謝ることはないって。悠斗は土屋さんに同情したんだろ？　あたりまえの反応だよ。普通の感情だよ」

「……病気みたいに見えたから。すごく具合が悪そうで」

「わかるよ。だから声をかけた？」

「うん。大丈夫ですかって訊いたら、ぼくの顔を見て泣きだしたんだ。知らない、大人なのに」

土屋はいきなり悠斗に訴えたという。子どもに会いたいんだよ。子どもはまだ小さいからなにもわからない。まだ三歳だ。なんでも忘れてしまう。このまま会えないままだと、きっとぼくのことを忘れてしまう。だから早く会いたいんだよ。土屋晴っていうんだ。

悠斗は、晴は今日は祖父と一緒に集いの家に行っているはずだと土屋に教えたという。たぶん土屋は集いの家をめざしているうちに、滝沢ヨシノが言ったように道に迷ったのだろう。集落には目印になるような建物がない。道を教えるときは真鍋も苦労する。

真鍋は、忘れていた痛みをぼんやり思いだしていた。

佳苗が舞衣を連れて家を出ていったとき、真鍋も今の土屋と同じことを考えた。舞衣に会いたくても会えず、このままでは舞衣に忘れられてしまう、このままでは一生会えなくなる、そう思いつめた。でも今になれば、そんなことはないのだと知っている。生きてさえいれば、人はかならず会える。会いたい、いつかかならず会う、と強く思ってさえいれば、かならず会える。そのことを、土屋という男に伝えたい。

真鍋は悠斗に念を押した。

「言っておくけど、悠斗のせいじゃないよ」

悠斗は真鍋の瞳を覗きこむようにして見つめかえしてきた。

「悠斗は悪くない。そのことは忘れないで」

悠斗の顔から、けわしさが消えていく。それを見つめながら真鍋は尋ねた。

「土屋さんと、ほかになにか話をした？」

「ちょっとだけ」土屋は悠斗から晴が集いの家にいると聞いても、そこを動こうとしなかった。悠斗はそう言った。

「そこって、どこ」

真鍋に訊かれた悠斗は、ほんの一瞬つらそうに顔をゆがめた。

「さっき、野田さんたちと行った谷の、すぐ近く。あそこより道路に近いほうの谷」

「そうか」

土屋は渓流を眺めて、きれいな所だね、と悠斗に言ったという。

「ぼく、さっき死んだ魚を見たとき、最初にお祖父ちゃんのことを考えたんだけど、でもなぜだかわからないけど、あのとき、土屋さんのことも思いだしたんだ。それもあって、なんだかすごく悲しい気持ちになってしまって、それで……」

泣いてしまった。

「そうか。悠斗は、やさしいね」

悠斗は黙って首を左右にふった。そんなことないよ。そんな顔をした。

「どうして家族なのに一緒にいられないんだろうって思って土屋さんがかわいそうだった。だから言ったの。もっときれいで静かで、とってもやさしい滝があるよって」

きれいで、静かで、とてもやさしい滝。土屋は成美に、どこか静かな場所に行きたいと告げている。真鍋は悠斗に訊いた。

「どこのこと?」

「吐竜の滝」

真鍋は深く長い息を吐いた。真鍋も大好きな滝だった。名前の由来は、竜が口から水を吐いているように見える景観から。潜流瀑、つまり湧水が、苔むした緑の岩のあいだから、白い糸のように細く、幾筋も、段になって流れでている。日本庭園のような風情があり、清楚で美しい。たしかに滝に、はげしさはなく、静かで、やさしい。

あそこしかない。なぜかそんな気がした。

「行ってみよう」

真鍋はエンジンをかけた。

「土屋さん、あそこにいるの?」

「いや、わからない。でもほかの人たちは、ほかの場所を、一生懸命さがしてる。ぼくらはぼくらの考えついた場所を、ちゃんとさがしてみよう」

悠斗は不安な顔のまま、黙ってかすかにうなずいた。


吐竜の滝は、八ヶ岳の地獄谷を水源とする川俣川渓谷（かわまたがわ）にある。テレビコマーシャルの映像などで、雄大な八ヶ岳連峰を背景に、深い渓谷にかかるアーチ状の橋を見ることがある。黄色いアーチは八ヶ岳高原大橋、赤いアーチの橋は東沢大橋で、イワナの釣り場としても人気がある川俣川は、あの下を流れている。

真鍋も川沿いの遊歩道を何度か歩いている。川幅は狭く河原もなく、渓谷が堪能できる。そこかしこで伏流水が見られ、水の豊かな場所なのだと実感させられる。

遠出をしてきた観光客たちは、中央道の最寄のインターチェンジを降り、天女山方面の案内板で左折し、清里高原道路を道なりに走れば、ほどなく高原大橋にたどり着く。そこから標高差数百メートルの急坂を一気にのぼる途中で、吐竜の滝入り口の案内に出あう。

真鍋と悠斗は、集いの家のある集落から西に向かい、清里ラインを越えた。道沿いの案内から、谷底にある駐車場まで、細い道をくねくねとくだっていく。

ふたりとも沈黙をつづけていた。

日帰り客は午後になって帰りに向かったらしい。残っている車は多くはなかった。車から降りてきた若い父親が抱っこ紐で赤ちゃんを抱き、母親が、五、六歳の男の子にスニーカーを履かせている。親子四人で遊歩道を歩くつもりだろう。

真鍋と悠斗も、落ち葉を踏んで森に入った。清流の音がにわかに近くなる。さわさわとたえまなく落ちる葉はいさぎよく、土の上で次の季節にそなえる。

途中、真鍋のスマホにメールが届いた。相手をたしかめて悠斗に告げた。

「野田さんからメッセージが届いたよ」

悠斗は黙ってこわばった笑みをかえしてきた。真鍋も似たようなものだ。ふたりとも、晴の姿を見るまでは本気では笑えない。

あとから来た人に道をあけ、クマザサをかきわけて遊歩道からはずれた。

真鍋は野田たちと別れる前、コンビニの庭で悠斗と本間が話しているあいだに、野田に耳打ちしていた。この店で自分がトイレ洗剤を買ったときに今日は二本目だと店員に言われたことを告げると、野田はひどく驚いた。真鍋はそれ以上は言わず、あとを頼むというつもりで黙ってうなずいた。野田から届いたメールには、真鍋の情報が役立ったとさりげなく書いてある。真鍋はそこは飛ばして、野田のメッセージを悠斗に読んで聞かせた。

おふたりと別れたあと、さらに多くの情報も手にいれ、そのおかげで、谷を汚した犯人を発見した。バイクでむちゃな運転をすることで有名な、ふたり組みだった。問いつめたら、犯人たちは釣りはしたことがないと言った。面白半分だったようだ。少しだけ安心した。あんなことをするやつが釣り師だとしたら許せないと思っていたから。漁協に連絡して、あとをまかせた。最後に悠斗くんに伝言。今度ぜひお手合わせをお願いしたい。

悠斗はやはり、寂しげに笑っただけだった。

真鍋は悠斗に訊いた。

「おじいちゃんは、ちょっとは安心したかな」

「わかんない。犯人がつかまっても、つかまらなくても、関係ないような気もする。ぼくはいつも、いろいろ心配ばかりするんだけど、祖父ちゃんはいつも、いろんなことにびっくりしないんだ。きっと、今も変わってないと思う」

「そうか」

今も変わってないと思う。悠斗の言葉が、心に残った。

メールを読みあげているあいだに前があいた。ふたりは歩きはじめた。悠斗が速足になっている。遊歩道が川を渡る。透明な水底の小石がくっきり見える。足元にころがる小石の表面では黒曜石の欠片が光っている。大きな岩の前で、水面に浮いた赤や黄の落ち葉がゆったりと円を描き、それからおもむろに、下流をめざす。

滝の始まりが見えた。落差十メートル、幅十五メートル。紅葉にふちどられた奥ゆかしい流れを、何人もが足をとめて、スマホや大きなカメラで撮影している。

真鍋は、新緑のころにも、真冬に凍りはじめたころにも、滝を訪れている。この滝は、どの季節にも、やさしい。

ふいに、シャツの袖を引かれた。悠斗が隣で、視線は遊歩道の先にくぎづけにされたまま、黙って真鍋の袖を引いていた。

悠斗の視線の先には、駐車場で見かけた四人家族がいた。赤ん坊を抱いた若い父親が膝をついて抱っこ紐の内側を見せている相手は、晴だった。

晴の隣に立つ男の子は、赤ん坊の兄だ。ふたりのうしろで子どもたちの母親が笑顔で話している相手は、土屋だった。土屋も笑っていた。

悠斗が前を向いたまま、静かに声を出した。

「土屋さん……しあわせそうだね。ぼくと会ったときと、違う人みたいだ」

「声をかけてみようか」

「そうだね」

そう答えながら、悠斗は口をひらかない。口元に笑みをうかべて、晴と土屋を眺めている。悠斗も、とてもしあわせそうだ。真鍋の頬もゆるんだ。

まだなにも解決したわけではない。始まってさえもいない。でも大丈夫だろう。

「ねえ真鍋さん」

呼びかけてきた悠斗の視線は、まだ晴たちにくぎづけのままだった。

「なあに」

「ぼくさ、今日のこと、きっとずっと、忘れないと思う」

「ぼくもだよ」

「ホント?」

やっと悠斗が顔を動かした。見つめられて、真鍋は悠斗にうなずきかえした。

「ああ、きっとずっと、忘れないな」

ちょっとだけ、釣りを覚えたいと考えた。悠斗が祖父から教わったことを得意そうに真鍋に教える。その姿を見るだけでも、きっと楽しいだろう。

ふいに電車の音が聞こえてきた。真鍋は空を見あげた。頭上にある単線の線路を小さな電車が走ってくる。周囲の人たちも首を曲げて上を見る。

真鍋は視線を晴たちにもどした。膝をついたままの若い父親が二両編成の高原列車を指さし、男の子と晴が、並んでそれを見あげている。
電車が走り去り、視線を移した晴がこちらに気がついた。小さな背を伸ばし、
「ゆうとぉ」
うれしげに叫ぶ声が、ここまで届いた。
悠斗は真鍋の隣で両手を高くあげ、頭の上で大きく交差させて晴に答える。
真鍋は、晴を眺める土屋の笑顔を見ていた。

物件Ⅱ

おひとりさま

真鍋智也が勤務する不動産事務所は清里高原にまっすぐに向かう国道から一本奥に入った市道沿いにある。こぢんまりとしたログハウスふうの建物は小さな雑木林にかこまれ、林は広々とした畑の真ん中にあって日あたりがいいせいか、紅葉が早い。

朝からつづいた打ちあわせを終えた真鍋は、建物裏の社員用駐車場に車をとめた。十月もすぐに終わる。林の入り口近くにある低木のニシキギの葉もすっかり色づいている。ニシキギの実が目当てなのか、てっぺん近くの細い枝に、スズメより小柄な一羽のオレンジ色の鳥がいた。ジョービタキだ。

真鍋が八ヶ岳南麓に越してきたころ、ジョービタキは渡り鳥と呼ばれながら、一方で、八ヶ岳連峰や霧ヶ峰高原などで繁殖が確認されはじめていた。今では日本各地で繁殖していることがわかっている。東京から流れてきて鳥の名前などほとんど知らなかった真鍋にジョービタキを教えてくれたのは、事務所の先輩で当時はルーキーだった松本純だ。今では彼も社長の片腕になっている。

今ちょうど目の高さにいるジョービタキは、真鍋が近づいても逃げようとせず、朱色の実のそばから動こうとしない。ひとなつこいというか警戒心が薄く、オフシーズンのリゾート施設や別荘の、それも換気扇フードなどの人工物にばかり巣をつくると聞いた。最初から人と共存するつもりで渡ることをやめたのだと考えれば、なおさらいとおしく思える。

とうとうジョービタキは、真鍋の手が届きそうな距離に近づくまで、枝にいた。

「お疲れさま」

事務所に入ると、奥から社長の望月真千子の元気な声が聞こえてきた。

二年前に夫を亡くしてから、真千子はずいぶん口数が減った。寂しさからというより、社長としての重責のせいのように、真鍋には思えた。表情豊かで快活で、けれど少々そそっかしいところは今も変わらない。

熱いコーヒーを真鍋の前に置きながら、真千子が尋ねてきた。

「どうだった？　あちらは乗り気のようだけど」

「らしいですね。明日、丸山製材の社長室でお会いすることになりました」

きっかけは地元幼稚園の存続問題だったという。少子化を理由に地域の幼稚園が廃園になるらしいという話が聞こえてきて、住民たちはなんとか阻止したいと知恵をしぼった。

幼稚園のすぐ近くに、かなりの規模の竹林がある。園の裏山と呼んでもいい位置だ。手入れもされている。その竹藪をうまく利用して幼児にも安全な施設を造り、子育てに最適な村としてアピールするのはどうだろう。そんなアイデアが出た。

話はもりあがった。メンマをつくって売ってみたらどうだろう。竹から化粧水がつくれるって聞いたけど。竹細工もやり方によっては商売になるよ。住民たちが語るアイデアの数々を、真鍋は今まで地区会長の丸山から聞いていた。

真千子が笑みをうかべた。「竹林で村おこしをしようということね」

真鍋も笑みをかえしてうなずいた。

幼稚園を残すのは夢物語ではない。やはり少子化で公立中学を合併統合したが、地元に移住者が増えたおかげで全生徒数が以前より増えていたという話もある。地元の魅力さえわかってもらえれば、人口増加の可能性はいくらでもあると、真鍋も考えている。

丸山地区会長がそれとなく打診したところ、竹林の所有者は売却に前向きらしい。丸山が真鍋に相談にのってほしいと声をかけてきた。真鍋は事情を訊いた。

所有者の名は杉本絵美。東京の生まれだが、彼女の配偶者の両親が、もともと地元に住む専業農家だった。父親はのちに麓の町に職を得て、家族で集落から転居したが、その当時から、近辺の住民は竹林になじんでいた。

「持主さんが村を離れるとき、集落の人たちに竹林の管理を頼んだんだそうです。かわりに竹林をご自由にお使いくださいというお話をいただいたとかで、集落の人たちはそのころから、筍採りや七夕の飾りつけなど、とても楽しみにしていたそうです」

持主の家族は最初のうちは墓参りや地元の祭りに帰ってきていたが、夫婦が亡くなり、家も取り壊された。八年前にはひとり息子が亡くなって、妻の絵美が竹林を相続した。絵美たち夫婦には子どもがなく、姑と夫の介護を終えた絵美は東京を引き払い、竹林のある集落ではなく、市内の西にある町に、草木染の工房を兼ねた山荘を建てた。

「工房？　おひとりで？　その方、おいくつなの？」

真鍋が答える前に、真千子はかさねて尋ねてきた。彼女にも子どもがいない。

「六十五歳だそうです。今は二十代のお弟子さんとふたり暮らしで、竹林のある集落の人たちとはほとんど付きあいはないらしいんですが、嫌味のない気さくな人と評判です」

「ほかにお身内は?」

「それが、所有者さんご本人も、亡くなったご主人と同じくひとりっ子で、ご両親は嫁いでくる前に亡くなっているそうなんです。それでご本人が丸山社長に、ですからわたしは流行りのおひとりさまなんですよと、笑っておっしゃったとか」

「おひとりさま」

つい声にしてしまったような、真千子の独り言だった。真鍋は思わずうかびかけた苦い笑いに気がついてすぐにそれを消した。ふいにあの日の光景がうかんだ。

あの日、初夏の昼下がり、知らせを受けて真鍋が飛びこんだ三階の病室には、あけ放たれた窓から遠くに草を刈る音が聞こえていた。ベッドには社長の望月が熟睡しているようなおだやかさで目をとじていて、かたわらにひとり立つ真千子は、ぴくりとも動かずに夫の顔を見おろしていた。真鍋はかける言葉も思いつかないまま真千子に目をやった。白いシャツを着た細い体の向こうには大きな窓があった。外には田植えを終えた田んぼが広がり、田んぼの先に、新緑の森が遠くかすむように見えていた。ゆったりゆれる萌黄色の森を、真鍋は今も鮮明に思いだせる。

その夜の風呂あがり、黒光りする広い縁側にひさしぶりに寝そべって、平屋の高い天井を見あげた。今年の夏は広縁で夕涼みをするのが真鍋の日課だった。空気が澄んでいて、地上には星のまたたきを邪魔する光がない。そうでないことは承知しているけれど、宇宙にある星のすべてが見えているような気がしてくる。

この家を購入したのは、今年の春のことだ。日あたりのよい高台にある民家は昭和初期に建てられたという。広い台所に、南側の庭に向かって和室が三部屋並び、太い縁側がぐるりとかこんでいる。昔の冠婚葬祭は襖と障子をはずして自宅で行われるのが普通だった。

ひとり娘が嫁いだあとは夫婦ふたりきりで暮らしていたが、妻が病死し、ひとり暮らしになった八十代の夫も体調をくずして、県内にある娘家族が建てた家に移った。空き家になって五年目、九十を過ぎた所有者もようやく売却を決意し、やまびこ不動産に相談に訪れた。真鍋ははじめて訪ねたときからこの家に惹かれた。建物も庭も、五年間放置されていたわけではなかった。所有者の老人は、娘夫婦に同居の交換条件を出した。ひと月に一回、早朝に父親を生家に送りとどけ、夕方には迎えに来ること。けっきょく娘も、その日は朝から晩まで父親と一緒に生家で家と庭の手入れをすることになった。「死んだばあさんのたったひとつの趣味が、柱と床を磨くことだった」父親が皺だらけの顔をほころばせて言うと、「今はわたしの唯一の楽しみになってます」

とよく似た顔の娘が笑った。

真鍋は、不動産売買は最後は人の縁だと感じている。売る人と買う人のそれぞれの思いの深さや熱さが、まるで流れるようにつながった、と感じることがときおりある。それぞれの思いを聞かされる仲介側にも、どちらにとっても幸福な結末になればいいという熱い思いに動かされる瞬間が、たしかにある。この町に来るまで不動産業にはまったくの素人だった真鍋だが、そんな気持ちに動かされて仕事をつづけているような気がする。

この家の物件情報を開示するとまもなく、千葉に住むという女性から連絡があった。真鍋も真千子も、女性が素人ではないようだと初対面で感じた。用心しながら話を進めるうちにさらに不信感が増した。女性はここに住むつもりはないようだ。しかし目的が転売なのか、賃貸にしたいのか、なぜか彼女は言葉をにごらせた。たちのよくない人間と関連があるらしいことがわかり、すぐに売主の父娘に事情を話して謝罪した。売主は気にしないでくれと笑ったが真千子はすっかり気落ちした。真鍋は自分が買いたいと真千子に打ちあけた。以前から、妻と娘と三人で暮らせる住宅を探そうと考えていたのだ。

真鍋夫婦の修羅場は、舞衣の最初の誕生日のころから始まった。勤めていた有名企業の関連会社が整理されることになったとき、真鍋は希望退職を打診される前に退職願いを書いた。親友の卑劣な行為で同僚たちが犠牲になったことに憤っていた。しかし事情を尋ねる佳苗にはなにも話さず怒鳴りつけただけだった。佳苗は舞衣を連れて家を出た。ふたりが実家にいることは真鍋にもわかっていたが、佳苗の母親と姉にのらりくらりと追いかえされ、何か月も会えずにいた。

二月。不安で気がへんになりそうだった真鍋は、目的地も決めず長距離列車に乗った。甲府を過ぎて、車窓に雪山が見えた。それが甲斐駒ヶ岳であり八ヶ岳だということは、あとで知った。灰色がかった冬空を背にした八ヶ岳の雄々しさに惹かれるようにして、小さな駅で電車を降り、途中から無人になった路線バスを町はずれで降りた。信じられないくらい冷たい風が強く吹いていた。八ヶ岳おろしだった。山に向かって坂道をのぼった。真鍋は何か月もろくな食事もせず自堕落な暮らしをつづけ、痩せ細っていた。強風にはばまれて一歩も進めない。とつぜんはげしい眩暈がした。気づくと、病室にいた。

それからあとは、いやもしかしたらもっと前に、真鍋は八ヶ岳の魔法にかけられていたのかもしれない。居合わせた松本純と望月真千子に病院に運ばれた翌日、社長の望月の自宅に呼ばれた。黒檀の座卓の前に座る望月に半分毒づきながら、ここにいるいきさつを話しているうちに、真鍋はやまびこ不動産の新しい社員に決まっていた。

仕事で出会う人たちは皆饒舌で、暮らしてきた家の思い出や住んでみたい土地、家族の行く末や新天地での夢を語った。その声を聞いているうちに真鍋の気持ちは癒され、元気づけられた。今はこの町から離れることなど考えられなくなっている。


満天の星空。地球もあの中の、たったひとつ。自分はその星の、小さな小さな点ほどもない。ふと、おひとりさまという言葉がよぎった。小さな点のひとつひとつが懸命に日々を生きているという事実に、胸がふんわり熱くなる。夜空から目をおとす。百年近い年月をかけてこの家の家族たちが磨きつづけた太い柱、広い縁側、凝った欄間。ひとつひとつを、ゆっくり眺める。購入前に相談がてらに佳苗を案内して、なかなか贅沢だろと言ったら、本当ねと彼女もうなずいた。それなのに申しわけないくらい格安だった。

そんなことを考えていたらスマホが音を出した。佳苗からの電話だった。

「ごめんなさい、今週、行けなくなっちゃった」

「ああ、そう」欠伸をかみころした。

「どうでもいいみたいな返事ね」

「よくはないさ。寂しいよ」

佳苗が笑い声をもらした。

「お姉さんがね、美和ちゃんのお受験で忙しいみたいなの」

真鍋は義理の姉の神経質そうな顔を思いうかべて苦笑した。

姉の美沙緒(みさお)には、一時は強い恨みの思いしかなかった。佳苗と会えないまま関係がこじれ、美沙緒に責められて離婚届に判を押して渡した。時が経ち、ある日、義理の父の弘文(ひろふみ)から八ヶ岳に電話があった。真鍋も弘文も諍いが苦手で、はげしい言いあいなどしたことがなかった。今もない。そのときも野暮用で真鍋に問いあわせをしてきて時候の挨拶などかわしたあと、弘文ははじめて真鍋に言った。佳苗はずっと苦しんでいるよ、と。そして美沙緒のことを責めないでやってくれ、とも。真鍋は佳苗がまだ離婚届を出していないらしいと知った。美沙緒が嫁ぎ先で何年も居心地の悪い思いをしていることは真鍋も知っていたが、義父の電話で美沙緒に子どもができたことを聞いて安堵する自分に、真鍋は彼女に対する恨みの気持ちが消えていることに気がついた。

佳苗の話はつづいている。「週末に舞衣が家にいなくてお姉さんも来ないとなると、お母さん、不安みたいなのよ」

「そうだろうね」
　義理の母の秋枝（あきえ）のおっとりとした憂い顔も容易に想像できる。ふと会いたくなった。
　義母はふしぎな人だ。家出した佳苗に会わせてくれと真鍋が玄関前で叫んだとき、
わたしたちもさがしてるのよと笑みをうかべて答えた。娘夫婦の修羅場の前も、さな
かも、あとも、秋枝の本心がわからないまま、真鍋はふりまわされつづけた。
「お母さんね、最近ちょっとへんなのよ。なにかっていうと不安がって、鬱っぽいっ
ていうか。それでわたし念のために、区でやってる介護セミナーに参加してみたの」
「まさかそんなに悪いの？」
　秋枝は先日五十八になったばかりだ。
「わたしの考えすぎかもしれないけど、いつか必要になるかもしれないしね」
　本当は、佳苗がじっとしていられないのだ。真鍋は苦笑した。真鍋が昔いた会社に
新卒で入社してきたときから、佳苗は仕事の好きな子だと社内で噂されていた。
「お母さんたらね、セミナーの話をした日には、怖い話しないでちょうだいなんて言っ
てたくせに、今はしっかり勉強してちょうだいよなんて言ってるの。そんなものよ」
　いかにも義母らしいし、いかにも佳苗らしい。
　佳苗が離婚届を捨てたことを知ったときから、真鍋は折を見ては佳苗と舞衣を八ヶ

岳に呼び、この町で三人で暮らすことを勧めてきた。佳苗は拒否するわけではないけれど、ときおりはぐらかすように口にする。今のままじゃだめなの？　真鍋は苦笑いをかえす。自分が妻にしたことに対するうしろめたさはまだ残っている。今は真鍋が根負けしているような形だ。いろんな夫婦がいる。週末婚でも月末婚でもいい。そんな思いもある。

ふと思いついて、佳苗に訊いてみた。

「ねえ、メンマって簡単に作れるの？　店で買うものかと思ってた」

「なあに急に。家でも作れるわよ。わたしは作ったことないけど」

真鍋は竹林売買の相談を受けている話をした。きっかけは村に子どもを増やすプロジェクトで、竹藪に幼稚園の施設を造って若い親たちを呼びこむ作戦だということ。メンマや竹細工や化粧水もつくりたいと、住民たちの夢がふくらんでいるらしいこと。

「うまく行くといいわね」

佳苗はやさしい声を出して電話を切った。

「昨日の夕方、三浦奈央（みうらなお）さんから電話がありましてね、あらためて絵美さんのことをよろしくお願いしますって。いよいよですねって。奈央さんもじっとしてられないって感じかな」

丸山社長が言う。丸山製材の社長室で、ふたりして杉本絵美を待っている。

杉本絵美は、今は藤村楓（ふじむらかえで）という名の二十歳を過ぎたばかりの女性とふたりで暮らしている。三浦奈央という人は、楓が来る前の数年間、絵美と同居していて、今は独立して東京で草木染専門店を経営している三十代後半の女性だ。

それぞれ年代の違う女性三人は、絵美さん楓さん奈央さんと呼びあっている。丸山は六十代、社員十数人をかかえる工場経営者でもある彼は、それほど知らない若い女性を名前で呼ぶのは今でも気恥ずかしいと頭をかいて言う。真鍋がひとまわり下の妻と幼稚園に通う娘から智ちゃんと呼ばれていると知ったら、なんと言うだろう。

ひそかに苦笑いしながら、真鍋は丸山に告げた。自分は三浦奈央にも藤村楓にも会ったことがない。ふたりについて少し教えてほしい。

「もちろんかまいませんよ。絵美さんから聞いている範囲だけどね」

杉本絵美は、三浦奈央とは駅ビルの中にあった草木染教室で知りあったという。年齢はふたまわり近く違うのに最初から気が合った。当時、奈央は会社を辞めるつもりでいた。絵美が亡くなった夫と一緒に夫の故郷に帰って別荘暮らしをするつもりだったと話すと、奈央はそれからまもなく、八ヶ岳の分譲地にこぢんまりとした山荘を見つけてきた。

その山荘で、三年ほどふたりで暮らした。山荘は絵美の名義で、奈央からは寝室一部屋分の賃料をもらっていたと絵美は笑って話したという。器用な奈央は半分は手作りで、作業部屋として小さな離れを建てた。一方で、会社勤めで蓄えた預金を元に都銀に交渉して都内に草木染の専門店を出した。広くはないが体験スペースもあり、初心者向けのキットも売りながら、マニア向けの完成作品を比較的安価で扱い、通信販売もしている。

「がんばりやでしっかり者だって絵美さんが言っていたよ。がんばりすぎかもってさ」

現在山荘で絵美と一緒に暮らしている藤村楓は、学生時代は陸上部で短距離の選手として期待されていたという。高校二年のとき自転車事故に遭い、日常生活には支障はなかったが、陸上選手の道を断念した。楓本人は以前と変わらず明るくふるまっていたが、楓の母親が異変を感じて、会社員時代の後輩だった三浦奈央に相談した。奈央から話を聞いた絵美が、楓を山荘に招待した。

「そのとき、カエデの葉で染めたスカーフをプレゼントしたんだって」

楓は高校を出て会社勤めになってからもときおり絵美を訪ねてきた。そのころから、山を歩いて天然染料をさがすことが大好きだったらしい。けっきょく一年半で会社勤めを辞め、両親を説得して絵美の同居人になった。絵美は孫ができたと喜んでいる。

ふと丸山が言葉をとめて耳をすませた。窓の外に、辛子色の小さな車が庭に入ってくるのが見えた。

楓らしき若い女性が運転席から降りてくる。車と似た渋い色の上着をはおっている。丸山の話のとおり、今もすらりとしたアスリートの体つきだ。短い髪型がよく似合っている。

杉本絵美も車から降りた。無造作なショートヘアに、ふっくらとした丸顔。淡い青緑色のやわらかそうな上着は膝まである。ゆったりとした上着で隠れているが体つきもふくよかそうだ。

絵美と楓が社長室に入ると、せっかちな丸山は扉の前で真鍋を紹介し、絵美が楓をひきあわせた。ノーメイクの楓は薄いそばかすが健康的で、笑顔になると年齢よりもあどけなく見えた。

「お忙しいですか」

丸山社長が挨拶がわりに尋ねると、絵美が微笑しておっとりと答えた。

「のんびりやらせてもらっています」

丸山は集落の住民たちの思いを熱っぽく語った。絵美の目じりの皺が深くなった。

「本当にありがたいお話だと思っています。亡くなった夫も姑も喜んでいると思います。姑がよく言っていました。死んだお父さんも、あの竹藪が大好きだったって」

絵美の姑は六十なかばで難病を患って寝たきりになり、息子夫婦の住む都内の病院に転院したのち、最後は息子の家で嫁の絵美の介護を受けて亡くなったという。

「竹林の手入れって手間がかかりますでしょ？　でも夫は、手放すつもりはまったくなくて、いつかちゃんと整備してなにかの役に立てたいと、よく話していました。けっきょく退職して動きだそうとした矢先に、今度は自分が寝たきりになってしまって、叶いませんでしたけど」絵美はあらためて丸山に深く頭をさげた。「集落の方たちには、いつも本当にお世話になっております」

「とんでもない」丸山が片手をふった。「こちらこそ好き放題に使わせてもらって申しわけないです。借地料をお支払いすべきではないのかと、いつも話しております」

「それこそとんでもないことです。じつは竹藪のことは、行政の方も以前から心配されていたんです。わたしも、休耕田や休耕地や空き家や放置林は、野生動物被害の大きな原因になっているんですよって教えていただいたんですけど。それまでわたし、あの竹林が放置林だなんて思ってもいなかったんです。それ以上に、お話をうかがっているうちに、もしかして相続人のいない年寄りを心配されているのかもしれないと感じました」

「そんなこと」楓が話をさえぎるように小さいが強い声を出した。

絵美は楓に微笑して、話をつづけた。「もちろん思いすごしかもしれませんけど。でもわたしも元気なうちに身軽になるべきだと考えて、自治体に寄付することをご相談にうかがったんです。でもいろいろと、むずかしいみたいですね」

「ええ、わたしも、そうできないものかと考えました」

丸山が力強い声を出した。「でしたら地域の財産にすればいいんですよ」

「そうですよ。売買というのは本来そういうものです。欲しい人間、必要としている人間にならば、本当の価値がわかりますからね」

「ありがとうございます。それでね、夫の後輩に弁護士さんがいらっしゃるので、地域の集落に寄付するというようなことはできないものかと相談しましたら、あまりに低価格だと譲渡という形になってしまって買手に税金がかかるんですよってお聞きして、なるほどと思いました。でもなにかよい方法があって、地域の方のご負担にならないのなら、今はなんとか、無償でおゆずりしたいと考えてるんです」

「無償、ですか」

「はい。それでね、素人が悩んでいてもしかたがないと思って、いっそその弁護士さんにお願いしたいと考えたんですけど、いかがでしょうか」

丸山が真鍋の顔を見た。真鍋は笑みをかえして丸山に答えた。

「よろしいんじゃないでしょうか。心強いお話だと思いますよ」

絵美は岡崎という弁護士の名刺を出して、丸山社長の前にすべらせた。

丸山は押しいただくようにして名刺を手にとり、絵美に宣言した。

「かならず地域にとって価値のある場所にしてみせますよ」


岡崎弁護士は東京にある自分の事務所にいた。丸山は真鍋を紹介し、一緒に話を聞きたいのだがと岡崎に伝えた。岡崎は気さくに応じ、スピーカーホンで真鍋に呼びかけ、売買契約時にはご指導くださいと言った。

絵美の夫の杉本明彦（すぎもとあきひこ）とは、高校も大学も後輩だったという。

「絵美さんとはずいぶんひさしぶりにお話しさせていただいたんですが、まったくお変わりなくてお元気そうで安心しました」歯切れよく迷いのない話しぶりだ。「絵美さんは資産家のお生まれで、お嬢さま育ちでしてね、いわゆる世間知らずなところもおありなので、いつまでも箱入り奥さまだなどと言う人もいます。もちろん好意的な意味でしょうが。先日のお電話でも絵美さんがわたしにおっしゃるんですよ。わたし今まで本当に困ったときがなかったような気がするの、いつもだれかが近くにいてくれていたような気がするのよって。いかにも絵美さんらしいんですよね」

　丸山が笑って真鍋の顔を見た。

「ですけどね」岡崎の声が変わった。ここからが本題かもしれないと感じさせる。「本当は、ただの苦労知らずのお嬢さまでも、箱入り奥さまでもないんです」

　岡崎はそこで言葉をとめて沈黙した。丸山が不審そうに真鍋に視線を送ってくる。真鍋も岡崎がなにかに躊躇しているような気配を感じた。

　ふたたび話しはじめた岡崎の声のトーンは低かった。

「二十代でご両親を亡くされたときも、八年前にご主人を亡くされたときも、結果無事ではありましたが、それなりにきわどい思いもされています。へんな言い方ですが、絵美さんのような方は誤解されやすい。甘く見られやすいんですね。つまり、悪いやつに狙われやすい」

　丸山が「悪いやつはどこにもいますからねえ」と話を合わせた。

「いやいや」岡崎の声がふたたび変わった。おもしろがるような声だ。「本当に悪いやつはそうそういません。ですが、ずるいやつなら、どこにでもいるんですよ。これは弁護士らしくない発言ではありますがね」最後は笑いをふくんだ声になっていた。

けっきょく、近いうちに直接会ってご挨拶するつもりだが、どうかそれまでは丸山さんと真鍋さんには、ずるいやつが絵美さんに近づかないように気をつけていてほしい、と明るく告げて、岡崎は電話を切った。

土曜の朝のことだ。出勤前に佳苗から電話があった。

「急だけど今日そっちに行くことにしたから」

「いいけど、仕事だよ」

「わかってるわよ。舞衣がね、ママがいなくても舞衣がお祖母ちゃまのお世話をするよって言いだして、お父さんもいてくれるって言うから、迷ったけど任せることにしたの」

「年長さんだものな」

「そうなのよ。最近なにかというと舞衣にまかせてとか大丈夫だよとか、すぐに言うのよね。わたしね、智ちゃんが話してくれた竹藪が見てみたいのよ」

小さな子が一緒でないほうがいいだろうと佳苗は考えている。真鍋は特急電車の到着時刻を佳苗に訊いた。

朝イチの長い商談のあと、スマホの着信履歴に気がついた。見知らぬ番号だ。かけなおすと藤村楓だった。用事があってひとりで町に来ている、相談したいことがあると言う。

「今朝、絵美さんにお客さんがあったんです」

「お客さん?」

「はい。学生みたいな雰囲気の若い男の人で、扉の前で、杉本蒼太といいます、杉本絵美さんはいらっしゃいますかって言って。でも絵美さんは、はじめて会ったみたいでした」

絵美は楓に、こみいった話になるかもしれないからはずしてほしいと言った。楓は外出まで時間があったので、山荘を出て離れの作業室に向かった。

「でもなんだか気になってしまって」

「よくわかりますよ」

楓はけっきょく、足音を消して山荘にもどり、扉越しに耳をすませたという。

「わたし……」楓は短く沈黙した。「盗み聞きしたんです」

「絵美さんのことが心配だったんでしょ。ぼくも同じことをすると思いますよ」

「……ありがとうございます」

楓は山荘の扉越しに、蒼太という男の声を聞いてしまった。男は絵美に言った。

「いくらでもいいんです。かならずおかえしします。ぼくを助けてください」

真鍋は楓に念を押した。

「たしかにそう言ったんですね」

「はい。たしかです。わたし、聞いちゃいけないことを聞いたような気がして、足音を立てないようにして扉から離れました」

「……杉本蒼太と名乗った男は、今も山荘にいるんですね」

「ええ。たぶん」

「楓さんは？　用事はもう済んだんですか」

「いえ、まだです。今日は東京から奈央さんが来るんです。お買い物のあとで駅までお迎えに行きます」

「ちょっと待って。今日奈央さんが来ることは、前から決まっていたの？」

「はい。今日ならお店をまかせられる人がいるからって」

真鍋は三浦奈央が乗った特急電車の到着時刻を尋ねた。佳苗と同じ電車だった。

東京にいる岡崎弁護士に電話をかけてみた。

「杉本蒼太という名前に、お心あたりがありますか」

「杉本蒼太？　いえ。父親の名はわかりますか」

「わかりません。じつは今、絵美さんの山荘にそう名乗る若い男が来ているらしいんです。町に買い物に来た楓さんが、山荘にひとりで残っている絵美さんを心配して、ぼくに知らせてくれまして。ぼくは岡崎先生からお聞きしたお話を思いだして、気になったものですから」

岡崎は時間はあるかと真鍋に確認して、抑えた声で話しはじめた。

「ちょっとややこしい話なんです。古いところから順にお話しします」

岡崎自身も、絵美の夫から彼が亡くなる直前にはじめて聞かされた話だった。

絵美の夫、杉本明彦には、子どものころに亡くなったという兄がいた。そのことは岡崎もそれまでにも耳にしたことはあったが、明彦は自分は幼かったので記憶にないのだと言いつづけ、皆くわしいことを知らなかった。妻の絵美も同じような状況だったらしい。

しかし岡崎がはじめて聞いた事実は、少し違っていた。

明彦が小学四年生のとき、両親と明彦、当時中学生だった兄義彦（よしひこ）の四人は村を出た。義彦はすでにそのころから、家庭内暴力や不登校、悪い仲間との交遊などたびたび問題を起こしつづけ、最後は家出をして、それきり行方がわからなくなった。

明彦はくわしい事情を知らされないまま、数年後、両親から兄が死んだと聞かされた。両親の気持ちを思い、明彦はそれ以上は訊かなかった。さらにその数年後、父親が亡くなったが、兄が現れることはなく、母親は死の間際、義彦が死んだというのは事実だから安心していいと明彦に告げた。明彦は母親の死後に、はじめて絵美に真相を打ちあけた。

真鍋にも、意外な話だった。今集落に住む人たちは、竹藪の持主の親は都会に出て成功したらしいと噂している。その人たちの親たちの代では、どんな話になっていたのだろう。

「明彦さんのご一家が集落から越していったのも、そのあと徐々に遠ざかっていったのも、本当は家出したというご長男が原因ということでしょうか」

「たぶんそうでしょう」

岡崎も認めた。明彦の父親はそうやって家族の秘密を守ったのだろう。

「真鍋さん、失踪宣告の申立てってご存じですか」

「ああ。はい、だいたいわかります」

失踪宣告の審判申立て、審判の確定、そのあと、たしか七年の年月を必要とする不在者生死不明の証明。それらの手続きは複雑でたいへんらしいが、ともかく、行方不明者の法律上の死亡確定が、可能になる。

「じゃあ、ご両親がご長男の死亡を？」

真鍋は言葉を途中でのみこんだ。岡崎が答えた。

「そう思われます」

父親は家族の秘密だけでなく、家族の財産も守ったことになる。真鍋は事実の重さに、声が出せなかった。岡崎は先をつづけた。

明彦が亡くなり相続手続きが始められたとき、杉本義彦の息子だという杉本昌弘（まさひろ）と名乗る男から絵美に連絡があった。相続のことで訊きたいことがあるという話だった。

「そのときの絵美さんはいつになく動揺しましてね。夫と同じ血が流れている人なら、わたしにとっても身内だ、自分はひとりじゃないんだ、と、むしろたいへんな喜びようでした。なんだか危なっかしくて、放ってはおけなかった」

岡崎弁護士は、絵美には言わず、杉本昌弘の身元調査を開始した。

昌弘が自分の母親、つまり杉本義彦の妻だといった女性は、義彦とは内縁関係だった時期もあるがもう十年以上会っていないと、調査員に話したという。昌弘の戸籍の父親の欄は空白、姓も杉本ではなかった。

岡崎は、絵美はそれだけでは納得しないかもしれないと考えた。ひそかに義彦の内縁の妻だったという女性に会い、親子関係を証明する物は残っていないかと尋ねた。女性は、そんな物あるわけないとそっけなく答え、昌弘の父親がだれなのかは自分にもわからないと岡崎に言い放った。

「で、絵美さんにすべてを話しました。絵美さんは最初は、だけどこれもなにかの縁かもしれない、などとつぶやいていましたが、最後は事実を受けいれてくれました」

岡崎の話が終わっても、ふたりはしばらく声を出さなかった。真鍋は岡崎に告げた。

「今山荘にいる男は、杉本昌弘と名乗った男の、身内かもしれませんね」

「でなければ、関係者か。しかし……」

「なんですか」

「いや、先日おふたりに、ほんの少しでも昔のことをお話ししておいて、正解だったと思いましてね。先日は、電話で話すことではないと考えまして、つい躊躇しました」

「予感があったということかもしれませんね」

「そうかもしれません」

特急電車の停車駅で、先に来ていた楓と合流した。コートの襟元にくすんだような黄色のセーターが見えていて、その微妙な色あいが若さをひきたてている。

やがて佳苗と奈央が駅舎を出てきた。真鍋と楓はそれぞれを呼びとめ紹介しあった。真鍋は丸山の話から三浦奈央をなんとなく長身の女性のようにイメージしていたが、はじめて会う奈央は、小柄な佳苗と同じくらいの背丈だった。深みのある黄緑色の毛糸でざっくり編んだジャケットをはおっているきゃしゃな体に、意外なエネルギーを秘めているようにも見える。

「すてきなお色ですね」佳苗が手のひらを上向けて奈央の上着をほめると、

「鶸(ひわ)色っていうんですよ」奈央はうれしそうに、そろった白い歯を見せた。笑うと丸顔の頬があがって目が細くなる。「黄色の染料に、藍を淡く用いて染めています。楓さんのセーターは山吹色。クチナシの実の黄色に、スオウの赤みをかけています」

奈央の言葉に楓がにっこり笑ってコートの前を広げる。佳苗がため息をついた。

笑顔の奈央が、真鍋と楓を交互に見て尋ねた。

「ぐうぜんですか」

楓が救いを求めるように真鍋に顔を向けた。

「じつは」と、真鍋は奈央と佳苗に状況を説明した。

話しはじめてすぐに、奈央の顔色が変わった。眉間に深い縦皺が刻まれる。楓が小声で、すみませんと告げると、奈央は即座に笑顔になって首を左右にふり、大丈夫よ、と自分よりも頭ひとつ長身の楓の背中をさするようにさわった。

細かい話は車中で聞こうということになり、二台の車にそれぞれ乗りこんだ。

楓の車に乗りこむ奈央のきびしい横顔を目にしながら、真鍋も自分の車に乗った。

丸山の話を思いだしていた。三浦奈央は杉本絵美のために絵美の亡夫の故郷で家をさがし、庭に作業小屋を造り、今も東京の自分の店で絵美の作品を売っている。彼女にとって絵美はただの友人ではない。絵美が丸山に言ったという「がんばりすぎる」奈央は、大切な人に対する気持ちも人一倍強いのではないだろうか。


絵美の山荘がある分譲地は、駅からも高速道路のインターチェンジからも近い。周辺には道の駅や馬術競技場や美術館など観光施設が多くあり、どの季節も観光客でにぎわっている。高原列車の線路の北側、標高千メートルを超えたあたり、南アルプスに向かいあうように南向きにゆったりとひらけた斜面に、趣向を凝らした外観の別荘が並んでいる。分譲地を縦横に走る細い舗装道路を、楓の車はするすると北にのぼっていく。

日あたりのよい斜面の分譲地が終わり、とつぜん深い森が立ちはだかる。その奥につづく山荘分譲地は、田園地帯を拓いた分譲地とはまるで趣が異なる。

森には、百メートルほど上にある女取湧水を起点とする豊かな疎水が流れている。紅葉の奥に白い砂防ダムが見え隠れする。近くを流れる高川や古杣川が氾濫して大きな山津波があったのは昭和十八年、考えればつい最近のことだ。周辺の田畑やときには民家の庭に火山岩らしい黒っぽい大岩が残されているのは、その名残かもしれない。

絵美の山荘は分譲地の南の一角にあった。敷地の南側に刈りこまれた草地があり、染料に使うのだろうか、すみにイチョウの落ち葉が積まれて冬の西日を受けている。

奈央を乗せた楓の車は草地を奥までのぼり、山荘の扉のすぐ前にとまった。

真鍋は草地の入り口手前で車をとめた。

佳苗とふたり、車の外に出る。エンジンをとめてしまうと物音ひとつ聞こえない。

真鍋は駅前で三人に提案した。できれば絵美さんがいない所で男と話したほうがいい。でも無理をして逆効果になるようなら、絵美の前で男と対決するしかないだろう。楓が絵美を山荘に引きとめておき、奈央が真鍋と佳苗が待つ森に男を連れだす。車に乗る前に、四人でそこまでを話しあった。そのあとは、奈央と楓が車中で決めたことにまかせるしかない。

山荘の扉がひらいて、奈央が外に出てくるのが見えた。

すぐうしろに、明るい色のリクルートスーツのような服装の男が現れた。

「ぼくに見せたいものってなんですか」

若い男のくつろいだ声が、森の静寂にこだました。

真鍋と佳苗は草地の入り口で、奈央と男が近づくのを待った。

男がふと足をとめてこちらに顔を向けた。二十歳くらいだろうか。一瞬たじろいだが、すぐに真鍋と佳苗に薄い笑いを向けてきた。

奈央が男の袖を引くようにして、敷地の外に移動させた。

男は抵抗もせず、薄笑いのまま奈央にしたがった。

四人で林道を横切り、東に広がる森に入る。山荘の扉が見えなくなった。

真鍋は佳苗と奈央にはさまれた形で男と向きあった。

街中のどこででもよく見かけるごく普通の大学生のように見えた。詐欺などというだいそれたことには縁がないような、気のよさそうな顔をしている。

男は三人の顔を順番に眺めてから、おちついた声を出した。

「いったい、なんなんですか」

真鍋は名刺を見せた。男が受けとり、読みあげる。

「やまびこ不動産?」

「杉本絵美さんはわたしの顧客です」真鍋が答えて男の顔を見た。

男は視線をそらし、真鍋と目を合わせようとしない。そのまま、声を出した。

「不動産屋が口を出すことじゃないと思うけどな」

「そちらの名前も、聞かせてくれませんかね」

柄にもなく威圧したつもりだったが効果はなかった。男はまったく動じない。

「もう聞いてるんでしょ。蒼太でいいですよ」

男のふてくされるような態度に、佳苗がかっとして一歩前に出た。

「ふざけないで」

「だって本当のことだから」

男は言いかえしてそっぽを向いた。横顔の頬が硬くなっている。そのせいか最初の印象よりも幼く見える。真鍋は冷静な声でたしかめた。

「本当に蒼太くんなんだね？」

答えがなかった。

「だけど杉本くんではない、ってことなのかな？」

男はそっぽを向いたまま、否定しなかった。

「どっちでもいいんじゃないんですか。絵美さんは蒼太くんて呼んでくれましたよ」

男の口から出た絵美さんという音を耳にして、真鍋は不快感を覚えた。奈央も同じだったのだろう、気持ちをおしころしたような声を男にぶつけた。

「用事はなんなの」

「先に答えてくれないかな。不動産屋がぼくになんの用なんですか」

強がっているように見えた。佳苗がまた一歩男に近づいた。

「そっちの用事を先に答えなさいよ」

「言ってもしょうがないと思いますよ。ぼくはもう帰るところなんで」

真鍋も蒼太に近づいた。「それは用事が済んだってことかな」

「ですね。とんだむだ足だったけど」

「むだ足？」

「だってあの人、認知症じゃないんでしょ」

「認知症？」

とがった声を出したのは奈央だった。蒼太がちらりと奈央を見た。

「そうだよ。相手は認知症だから話は簡単に済むって言われて、来たのにさ」

「認知症ってなによ。そんなでたらめ、だれから聞いたのよ」

奈央がむきになって蒼太につめよった。

「だれだったかな。憶えてないな。関係ないし」

「認知症だから簡単にだませると思ってやってきたって言うの？」

言いながら奈央が伸ばした手を払うように、蒼太が体をねじった。

「だれだってそう思うだろ。正気の人間相手よりずっと簡単じゃないか」

「認知症だからだましてもいいって、そう考えてるの？」

「だってどうせ忘れるんだろ。だったらどうでもいいじゃないか」

真鍋の頭がかっと熱くなった。真鍋が口をあける前に佳苗が大声で一喝した。

「ちょっと待ちなさい！」

「なんだよ」

「いいから聞きなさい！」

佳苗の剣幕に、蒼太が思わずあとずさりした。

「認知症の人はね、病気が重くなって、たとえば自分のやったことや言ったことを忘れてしまったとしても、そのときそのときに抱いたつらい感情だけは、ずっとずっと長い時間、消えずに持ちつづけるのよ」

「そんなこと言われたって。おれはもう、あの人をだます気なんかないんだから」

あっけらかんと言う蒼太を佳苗がさえぎった。

「いいから最後まで聞いて。絵美さんのことだけじゃないの。認知症の人はね、大切な思い出を、忘れたくて忘れるんじゃない。自分にも、どうにもできないの。それがどんなにつらいことか、わからないの？　そんな人を病気を利用してだまして、心まで傷つける。心を傷つけられた人は、傷つけられたことを忘れることができない。痛みが消えないの」

蒼太に訴えつづける妻の顔を、真鍋は見つめていた。佳苗は介護セミナーで聞いたのかもしれない。真鍋も、知人から世間話の流れで聞いたことがある。話し手は真鍋より五つか六つ年上の男性で、介護関係の職にある人ではなく、身内に介護している人がいたわけでもなかった。同じ席にいた数人は話を聞いたあとしばらく口をひらかなかった。やがてだれかがつぶやいた。つらいなあ。皆、他人事ではなかった。

蒼太がうんざりした声で言いかえした。

「だからって、病気ならしかたないじゃないですか。かわいそうだけど最後は全部忘れちゃうんでしょ。逆に全部わからなくなったら、いやなことも忘れるんだから、そのほうがいいじゃないですか」

わかってない……。真鍋は蒼太の言葉に深い無力感を覚えた。

佳苗が唖然とした顔でぽかんと口をあけている。そんな佳苗の隣に立つ奈央を見て、真鍋ははっとした。まるで病人のように、すっかり血の気が引いている。

佳苗は力尽きたように黙ってしまった。真鍋は低い声で蒼太に言った。

「よくないよ」声がかすれていた。「この人の言ったことが、理解できないのかな。心を傷つけられたら、その痛みだけは、ずっと忘れることができないんだと、そう言ったはずだ」

蒼太が黙って真鍋を見つめかえしてきた。

真鍋も見つめかえしながら、蒼太のまなざしからはなんの感情も見えてこないと考えていた。こいつは、なにを感じ、なにを考えているのだろう。

もしかして、相手も同じことを思っているのだろうか。

真鍋は静かにつづけた。

「たった今聞いたことを、この人が言ったことを、くりかえしてみてくれないか」

「だから……」蒼太が言葉をつまらせた。「だから、認知症の人は、言ったことややったことを忘れても、感情だけは忘れないって、そういうことなんでしょ?」

やっぱりぜんぜんわかってない。真鍋は平坦な声で否定した。

「違うな。だれかにだまされて傷つけられた痛みは、ずっと忘れることができない。そう言ったはずだ。だれかをだますのはだれかの心を傷つけることだ。そのことを忘れないでくれ」

「……はい」蒼太がしおらしく口をとじた。

佳苗も奈央も声を出さなかった。風も動かず、森も静かだ。

佳苗が疲れた声で、子どもに教えるように蒼太に告げた。

「感情残像の法則っていうのよ。そういう人、とっても多いのよ」

蒼太が首を折った。しょんぼりしているように見えるが、たぶん気のせいだろう。

真鍋は蒼太に確認した。

「もう一度訊くよ。きみは蒼太だけど杉本じゃない、そういうことなんだね」

「ああ、はい」蒼太はあっというまに元のふてぶてしい顔にもどった。「杉本っていう親戚がいるって言ってる友だちなら、ひとりいますけど。そいつが、親たちが田舎に住んでるその親戚が山を売るらしいから、小金が入るだろうって話しているのを聞いたって、言って、その親戚は年寄りで認知症だから話は簡単だし、おれがいちばん暇そうだったから、おまえ行けよって言われて。まあ、お金も欲しかったし」

真鍋の背筋を冷たいものが流れた。八年経っても、杉本家の財産を狙う人間が、絵美の動向をさぐっているということか。

そのとき楓の声が聞こえた。

「絵美さん、気をつけて！」

真鍋と佳苗と奈央は、森の外に出て斜面を見あげた。

絵美が斜面に足をとられながら小走りでこちらに向かってくるのが見えた。楓は真鍋たちにそれを気づかせようとして大声を出したのだろう。

ころがるようにして駆けてくる絵美は、今日もやわらかそうな淡い紫色の長い上着を着ていて、前をとめずに羽衣のようになびかせている。うしろを、コートを脱いだ山吹色のセーター姿の楓が追ってくる。

なんとかころばずに林道を越えて森に入ってきた絵美は、息を切らしていた。

「喧嘩してたの？」心配そうに尋ねて奈央を見た。

「まさか」奈央が笑った。「山荘まで聞こえたんですか」

森の出口にいた佳苗が、首をすくめた。

「すみません、わたしいつも、声が大きいって言われるんです」

絵美がまばたきしながら佳苗のほうを向いた。

「あの、真鍋の妻です。お世話になっております」

真鍋は苦笑した。一拍おいて女たちから笑い声があがった。

絵美には真鍋から、妻を迎えに行った駅で奈央を迎えに来ていた楓とぐうぜん会ったのだと説明した。楓が、話しそびれてすみませんと絵美に謝った。

絵美は屈託のない笑顔のまま、森の中に目を向けた。

蒼太が所在なさげに立っている。

「あら蒼太くん、まだいたの。用事は済んだはずよね。わたし、とつぜんやってきていきなりお金の話をするような人と、親しくする気はありませんって、言わなかったかしら」

蒼太がうろたえて、絵美に抗議した。

「でもまた遊びに来なさいって」

「そうね、最低限の礼儀をわきまえてからねって、そう言ったはずだけど」

「……言いました」

「じゃあ次からはそうしなさいな」

笑顔の絵美に追い払われるようにして背を向け、蒼太は林道をおりていった。

絵美が四人に見つめられて、いたずらっ子のように舌を見せた。

「わかってたんですか」楓が力が抜けたような声を出した。

奈央が楓の肩を抱いて笑い、絵美も楓の反対側の肩に手をのせた。

「ごめんなさいね。わたし昔おんなじような目に遭ってるのよ。夫の相続のときも、夫の甥だという人から連絡があったのよね。けっきょく本物じゃなかったらしいけど」

「はじめて聞きました」

「自慢するほどのことじゃないもの」

奈央と佳苗が吹きだした。楓はまだどこかぼんやりしている。

「でもね、こんなのんびりやでも、少しは学習するのよね」

「なにがのんびりやですか」奈央が口をはさんだ。「世間じゃ箱入り奥さまの絵美さんがなにか困ると三浦奈央に相談するとか言ってるらしいけど、わたし相談されたことなんかもう何年もありませんよ。教えてもらっているのは、いつもわたしばかり」

「たいしたことじゃないじゃないの」絵美は笑いとばした。「でもね、えらそうに言ったけど、本当のことを言うと、あの男の子にぐうぜん、死んだ夫とどこか似たところがあったりしたら、わたしも信じて、だまされていたかもしれない」

真鍋は岡崎弁護士から聞いた話を思いだした。

八年前、夫の甥だと名乗る男が現れたとき、絵美は弁護士に言った。夫と同じ血が流れているのなら自分にとっても身内だ、と。弁護士から真相を聞かされたあとでさえ、絵美は未練を残し、でもこれも縁かもしれないとつぶやいたという。

絵美は今日、あのときと同じことをくりかえしたのかもしれない。期待して、ゆれ動いて、そしてなんとか自分をとりもどした。そんなことが、あったのかもしれない。

しかし奈央は断言した。「絵美さんにかぎってそんなことはありえません。ね？」

奈央に同意を求められた楓が「はい」としっかり答え、絵美は首をすくめた。


山荘でのお茶のあと、作業場も見てほしいと、奈央が真鍋と佳苗を誘った。

離れの大きな窓の下には背もたれのある三人用のベンチが二脚並んでいた。東京の店の客や店のホームページを見てここを訪れる人がごくたまにいるのだと奈央は説明し、中を案内する前に少しだけ話を聞いてほしいと、真鍋と佳苗の顔を見た。もちろん、とふたりはうなずき、奈央に勧められてベンチに並んで腰をおろした。

寒くないですか。奈央に訊かれて、佳苗が、ぜんぜん、と子どものように答えた。

森から複数の小鳥の鳴き声が聞こえている。ヤマガラの地鳴きだろうか。草地のはずれでは三羽のシジュウカラが地面をつついている。頬と腹の白が目を引く。春先ににぎやかに聞こえてくるさえずりならなじみ深いが、秋のシジュウカラの地鳴きは区別がむずかしい。真鍋は日だまりでそんなことを考えていた。

奈央は隣のベンチにひとりで座った。はにかむような微笑を見せて、言った。

「さっきはありがとうございました。認知症の人のお話をしてくださって」

返事に困っている佳苗のかわりに、真鍋は、いいえと答えた。

「じつはわたしの父にも同じようなことがありまして、わたし自身、なかなか気持ちの整理ができずにいたのですが、おふたりのお話を聞いて、元気をいただきました」

真鍋は蒼太に向けられた奈央の反応を思いだした。とがった声を出し、むきになって蒼太につめよった。蒼太の言葉を聞いて病人のような青ざめた顔をしていた。けれど奈央は今、真鍋と佳苗に元気をもらったと言い、おだやかな表情で話している。

三浦奈央は富山の生まれで、ひとりっ子、母親は奈央が三十歳になった年に病死したという。父親は生まれた町で和装小物の店を開業し、その後は観光客向けの工芸品などにも手を広げ、土産物店だけでなく大手の宿泊施設などにもつながりを持ち、経営は安定していた。店には、二十年以上前から勤務する社長の片腕のような男がいて、奈央の父親は男を厚く信頼していた。

七十を目前にしたある日、奈央の父親は脳梗塞で倒れた。手術はなんとか成功したが、認知症が進行していることがわかった。その数日後に、社長の片腕だった男の行方がわからなくなり、店の運転資金のほとんどが消えていた。古い付きあいの顧問税理士が調べたところ、男の横領は数年前から行われていたことがわかった。男は従業員たちには「社長に言われたから」、取引先や仕入先には「社長の意向なので」と周囲をだまし、書類や契約書を偽造していた。

「お金じゃないんです」と奈央は言った。「父の信頼を裏切って父の心を傷つけたことが許せなかった。父は取引先や仕入先や従業員に迷惑をかけたことを、とても気に病んでいました。父の名誉も踏みにじって、生き甲斐を奪った。そんなことを考えると、男が憎くて憎くてたまらなかった。ちゃんと出てきてわたしの父に謝ってよって叫びたかった」

顧問税理士が言ったという。男はだれよりも長い時間を社長と一緒にいた。だから社長の病気にいち早く気づき、社長の判断力や記憶力がおとろえていることを利用した。社長が異変に気づいたとしても、男はきっと自分への信頼をよいことに、簡単に言いくるめていただろう。しかたがなかったのだ。奈央に同情し励ましてくれる父の古い友人のその言葉に、奈央は内心、だったら近くにいてどうして男の悪事を見抜けなかったのかと悪態をついた。自分の感情をコントロールできずに苦しみ、医者を訪ねると自律神経が原因だと言われて通院もした。それでもよくならず、顔つきまで変わってしまったらしい。

「よほど怖い顔をしていたんでしょうね。お客さまのお子さんが、わたしの顔を見ていきなり泣きだしたんですよ」奈央はそう言って、今はなんのこだわりもないような笑みを見せた。

　真鍋は、絵美の身に起きていることを聞いた奈央が駅で見せたけわしい顔を思いだして胸が痛んだ。

「あまりに見苦しかったんでしょう、絵美さんが見かねてわたしに言いました。だれかに傷つけられても、傷ついたらだめなのよって。苦しかった本当の原因は、自分の中にあったんですよね。本当は自分でも気がついていたのに、見ないふりをしていたんです。心の底では、ろくに帰省もしないで父を放っておいた自分が、いちばん許せなかった。わたしがそばにいればこんなことにはならなかった。自分がいちばんひどい仕打ちを父にしたんだって、悔やんで悔やんで、だから苦しかった。だからだれかのせいにしたかった。全部、あの男のせいにしたかった」

　奈央の静かな声を聞きながら、真鍋は佳苗の姉の美沙緒を思いだしていた。

　完璧主義で少しエキセントリックなところのある美沙緒は、子どものころ、病弱だった母親のかわりに、父親の世話をし妹の面倒を見てきたという。行動力があって努力家で家族思いで、きっと自分にきびしい人なのだろうと、真鍋は勝手に思っていた。佳苗との修羅場がおちついたころには、本当は不器用な人なのだと気がついた。実行力があってがんばりすぎると絵美が言った三浦奈央にも、美沙緒と似たようなところがあるような気がした。

　奈央は背中を伸ばして、晴れた冬空に顔を向けている。

　いつのまにか、地面のシジュウカラの数が増えている。

「わたし、ばかみたいな話ですけど、あのときようやく気がついたんです。父の人生はけっして不幸ではなかった。愛情深くて面倒見が良くて仲間を大切にする父が、そのためにだまされたとしても、けっして不名誉なことではないって。あたりまえのことなのに、ホントにばかみたい。父は、今も昔もずっと、わたしの誇りなんです」

　奈央はおだやかな微笑をうかべた。ふと見ると、佳苗も奈央を見てほほ笑んでいる。

　真鍋も微笑して奈央に尋ねた。

「さっき、元気づけられたと言われたような気がしましたが」

「ああ、そうでした」奈央は、うっかりしたと言いそうな、親しげな表情になった。

「半年前に父が亡くなったんです。それでまた少し、体調をくずしてしまって」

「そうでしたか」

「ごめんなさい、こんな話ばかり」

「いいえ、話したいときに話したほうが、すっきりしますよ」

　真鍋の言葉に奈央は顔をくずして白い歯を見せた。

「ありがとうございます。父は亡くなる前には、もういろんなことを忘れていました。それなのにふとしたときに、男にだまされたことを悔やんで自分を責めるんです。わたし、いやなことはみんな忘れちゃっていいのよって父にくりかえしていました。父に会えなくなったら、そんなことばかり思いだしてしまって、それで少し前からまた同じ病院でお薬をもらってるんですけど、でもさっき駅で絵美さんのことを聞いたとき急に胸が苦しくなってしまって、車の中でも絵美さんの所にやってきたという男と父をだました男がかさなって、頭の中でぐるぐるまわってとてもつらかったのに、佳苗さんのお話を聞いていたらなぜか急に、体からへんな力がすうっと抜けて、すごく楽になったんです。だからお礼が言いたくて。ありがとうございました」

　奈央は佳苗と真鍋のほうに体を向けて頭をさげた。

　佳苗が、そんなこと、と黙って首をふった。

「きっとたくさんのお年寄りが、わたしの父と同じ思いをしているんですね。父は苦しんでいたけれど、あれも病気のせいだったんでしょうね」

　そう考えれば、だからしかたがないのだと思うこともできる。ほんの少しだが、救われる。救われて、癒されて、そうやって前に進む。そのほうが亡くなった人も安心する。

真鍋は奈央に答えた。「楽になったのなら、それだけでよかったです」

だれかの言葉をプラスに理解するかマイナスに受けとるか、じつは自分の中ではすでに決まっていることがある。他人の言葉で、自分がもう決めていた答えに気がついたりもする。でも最初からかたくなに拒否してしまえば、なにも気づけない。奈央は答えにたどり着いている。あとは時間が癒してくれる。

奈央が前を向き、背中を伸ばしてベンチから立った。地面をつついていたシジュウカラたちがいっせいに動きをとめ、はじめて気づいたようにこちらを見た。

物件Ⅲ　クラスメイト

「あれっ？」

鍵穴に鍵を差しいれた内山達人（うちやまたつひと）が、小首をかしげた。

「どうしました？」

真鍋智也は内山の手元を覗きこんだ。小さな音がした。鍵は奥まで入ったようだ。

「わたしの気のせいですね」

内山は屈託なく笑った。

シニア人材センターは自治体と協定を結んで空き家の管理をしている。今では、建物の現状確認、植栽剪定、除草、除雪、不用品処分など、遠方にいる空き家の所有者から、人材センターで直接依頼を受けている。七十三歳になる内山は現状確認担当の班長で、定期的に建物や敷地の状況を確認し、写真撮影して報告書に添付し、発注者に郵送する。

一方、地元の不動産業者は、空き家バンクの窓口である自治体と提携して、売買や仲介の実務に携わる。やまびこ不動産に勤務する真鍋は、今日はバンクに登録されている住宅の状況確認に同行していた。

物件は甲斐駒ヶ岳の麓の町にあった。町は総面積の八割以上を森林が占め、豊かな湧水を活用した米作りや酒類の製造で知られている。江戸時代に甲州街道の宿場町として栄え、今も蔵や古民家が点在する台ヶ原(だいがはら)宿では、真冬をのぞくたいていの季節、酒蔵や珈琲店や和菓子屋の店先に行列ができている。

近くの国道を走るのは観光客や大型トラックなど県外ナンバーが多い。道の両側には数キロにわたって稲刈りの終わった田が広がり、田んぼの奥にある林を背に、市街地なら二、三軒の住宅が建っていそうな距離を置いて、それぞれ庭の広い農家が見える。今日現状確認する空き家はその中の一軒だ。築年数は正確には不明。百年以上は経っているというが、外観からはとてもそうは見えない。数年前に八十代であいついで病死した夫婦は、屋根瓦や水まわりなど少しずつ補修しながら住みつづけてきたようだ。

内山は鍵穴に差しこんだまだ新しい鍵を、音をさせながら左右に動かしている。気のせいだと笑ったはずだが、違和感は消えていないようだ。

彼は、古い鍵の調子が悪かったことは元家主の息子である現在の所有者にも報告済みだと、すでに真鍋にも事情を話していた。所有者に電話で依頼されて地元の業者に新しい鍵に替えてもらってから数回しか使用していない。内山はしきりに同じようなことをくりかえしていたが、ようやく小さなため息をついて鍵を抜き、扉をあけた。

広い玄関は土間だった所をリフォームしたものだ。

あけ放たれた奥の和室を見て、真鍋は思わず、ほおと声をもらした。

「もったいないですね。今すぐにでも住めそうだ」

内山が誇らしげにうなずいた。数年前まで暮らしていた老夫婦とは、顔なじみだったらしい。

南向きの広縁のサッシも、南側の三室と北側の一室、和室の障子も、まだまだ新しい。北側の部屋の畳がわずかにきしんだ。次の所有者はフローリングに変えるのだろうか。

レトロなタイル模様の風呂場に、これもまだ新しい給湯器、昔ふうの広くて使い勝手のよさそうな台所。内山が壁の埃をいとおしそうに軍手で拭っていく。

壁と柱のあいだに細いすきまがあった。気づいた真鍋がメモしていると、内山が、その件も依頼者には報告済みで、すでに了承を得て業者に発注してあると声をかけてくる。どうやらこの住宅に、仕事だけではない愛着を感じているようだ。

真鍋は了解ですと笑顔をかえした。

庭に出た。物置、納屋、屋根付きの駐車スペース、しっかりと造られた葡萄棚。どこもきれいに掃除され、整然と片づけられている。

庭のすみで内山が足をとめた。しゃがみこんで地面を見つめる。真鍋も近づいた。そこには剪定されたツツジの株が並んでいる。そのひと株の根元に、小さな土の山があり、上に苔の生えた黒っぽい丸い石が置いてある。

真鍋は中腰になって石に顔を近づけた。

「なんだかお墓みたいですね」見たまま、思わずそう言った。

内山が真鍋をふりかえった。うれしそうだ。

「そう。そうなんですよ。二年前まで住んでいた家主さんが十年間飼っていた犬の、お墓なんですって」

「へえ」と、真鍋は丸い石を見つめ、なんとなく軽く頭をさげた。

「やさしい人だね、真鍋さん。ありがとう」

「いえ、べつにそういうわけじゃ。内山さんも、自分の家みたいですね」

「いやあ、どの家に行っても、ついこうなっちゃうんですよ」

建物の裏側に向かう。内山が話しはじめた。

「わたしは清孝さんとはほとんどなじみがなくてね」

西野清孝というのが空き家の所有者の名だ。三十年以上前に村を出て、都会で就職し、転勤をくりかえして今は関西にある支社に勤務している。四十代のときに、神奈川の海辺に家を購入した。真鍋は自治体の担当者からそう聞いた。

そういえば、この家で生まれて九十年近くを生きたはずの西野清孝の父親や、嫁いできて五、六十年はここで暮らしたであろう母親の名を、真鍋は聞いていない。

内山の話はつづいている。

「ご依頼もすべて電話だけなんですよ。まあ、遠いからね。でもわたしの記憶だと、清孝さんの息子さんだっていう男の子が、小学生のころ毎年夏休みになるとひとりでやってきてね、まるまる一か月、この家にいたんですよね。体の弱い子だったみたいで、川で子どもたちがみんなで泳ぐときも、川には入らないで日陰で見てましたね。ひょろひょろした色の白い子だったけど、それでも仲間のいちばんうしろを、一所懸命走ってたなあ。あの子、どうしてるんだろう。そうそう、さっきのお墓に入ってる犬も、よくなついてたみたいでしたよ」

裏庭に、建物から数メートル離れて一メートルほどの擁壁があった。

上の細長い土地も西野家の所有で、老夫婦が元気なころは野菜を作っていたという。

「あれっ？」内山がさっきと似たような声を出した。

低い擁壁には数か所、水抜き穴のような丸いすきまがあった。真鍋はこの高さでは水抜きは必要ないのではないかと思いながら、内山が穴のひとつに指を入れて探るように動かしているのを見ていた。内山は、独り言のようにつぶやいた。

「やっぱり、なんかへんなんだよな」

「違和感てやつですか」

「ああ、そうかもしれないですね。でもきちんとしたことは言えないな」

真鍋は笑った。「言ってみてくださいよ」

内山は躊躇しながら、庭にあった犬の墓にも、この擁壁のすきまにも、だれかがさわったような痕跡を感じる、気のせいかもしれないが、と真鍋に答えた。

真鍋は付けくわえた。

「それと、玄関の鍵ですね」

「ああ、そうでしたねえ」

「たとえば、あの鍵、だれかが無理やりこじあけようとした痕跡とか、ありました？」

内山は驚いたように真鍋を見た。

「いやあ、そこまでは」

「室内はどうでした。なにか変わった様子というか、感覚的なものでも」

「それは、なかったと思いますが」

「じゃあ、中には入ってないんでしょう」

「え？　なんですか」

「いや、仮定の話ですよ。たとえばだれか敷地内に入ったとしても、家には入っていない」

「ああ、そうだね」内山は複雑そうな息をもらした。「でも弱ったねえ。レポートに出すほどではないし。ご近所さんに、なにか見たり聞いたりしてないか、尋ねてみましょうか」

真鍋に問うという口調ではなかった。内山はもう決めている。

「お時間は大丈夫なんですか」

今日はもう報告書を書きあげるだけだから大丈夫だと内山は答えた。しかしすぐに、なぜか急に明るい顔になって、だけど明日からは忙しくなりそうなんですよねとどこか得意そうにつづけた。真鍋にそのわけを訊いてほしがっているような顔だった。

「明日から？　なぜですか」

「それがね」

シニア人材センターでは、空き家の現状確認、とくに屋根の破損や雨樋の詰まりなど、おもに安全就業の面から、ドローンの導入が検討されていた。その件がやっと本決まりになり、明日行われる航空法などの座学をかわきりに勉強会がつづいたあと、操縦の実習が行われるのだという。

「そりゃあもう、みんな張りきってますよ」内山は上機嫌だ。

真鍋は内山に甘えて近所への聞きこみをお願いすることにした。内山にこのあとの予定を尋ねられ、町内にある老舗の林業事業体の名を告げた。

「水野陽平（みずのようへい）くんと会う約束をしてるんです。内山さんもご存じでしょ、水野くん」

「ええ、よく知ってますよ」

水野陽平は二十五歳。子どものころから父親の山仕事を手伝い、地元の高校を出て東京の専門学校に二年間通ったけれど、自分はやっぱり山仕事が好きなんだと気づいて地元にもどってきたという。現場は五年目だが社内では最年少で、ムードメーカーのような存在らしい。真鍋は水野陽平の話を聞くのが好きだった。早朝の森で見た朝日に照らしだされていく山の美しさ、何日もかけた間伐のあとに見違えるように明るく変わっていく深い森、手間のかかった地拵えのあとに植えた苗木が育っていくうれしさ。山は神聖な場所だが人が手を貸さなくては荒廃してしまう。きまじめな水野は頬を紅潮させて素朴な口調で熱くそう語り、寒冷地に育つ年輪の細かいこの地のアカマツが、材としていかに上質かを、身内自慢をするように真鍋に話してくれる。

「じつは仕事じゃなくてプライベートな話らしいんですけどね」

真鍋が打ちあけると、内山は愉快そうな声を出した。

「ああ、そうか、あれかな」

「なんですか」

「まあ、まず話を聞いてやってください。わたしからもお願いしますよ」

「なんですか、意味ありげに」

「まあまあ。これも縁ですから」

じゃ、と内山は笑顔で片手をあげて真鍋に背を向けた。

今朝方、出がけに水野陽平から電話をもらった。水野の電話はたいていそうだが、今朝も遠慮がちな声で、今日こちら方面に来ることがあったら会えないかと、雑談なしで用件だけを告げてきた。真鍋が午前中は台ヶ原近くにある物件の現状確認だと答えると、水野はちょうどよかったとうれしそうにかえしてきて、昼近くまで日向山（ひなたやま）の麓の集落で作業する予定だと言った。台ヶ原と日向山、目と鼻の距離だ。

十一月もなかばを過ぎたというのにここ数日妙に暖かい日がつづいている。師走になれば八ヶ岳おろしも本気で吹き荒れるだろうが今日は風もない。釜無川沿いに走る街道のこのあたりの標高は六百メートル、透明な陽ざしが暖かく、眠気を誘われる。

道の駅の前の信号で、甲州街道から離れた。

田んぼの真ん中をまっすぐに走るゆるやかな坂道を、甲斐駒ヶ岳を背負うように立つ日向山に向かってのぼっていく。千七百メートル弱の日向山は家族連れでものぼれる初心者向けのコースだという。

水野は電話で、民家の敷地内にある高木の枝落としをするのだと話していた。近づくとすぐにわかった。敷地内に重機が入れなかったのだろう、樹上に人影が見えた。手鋸や小型のチェーンソーで作業を終えたらしく、人影は慎重に幹をおりてくる。真鍋は離れた場所に車をとめ、男の姿を見あげた。秋晴れの澄んだ青空を背に紅葉を見おろすのはさぞかし気分がいいだろうなどと、気楽なことを考えた。

民家の庭では数人の作業員が片づけをしていた。先に真鍋に気づいた先輩社員が水野をつついて教えてくれる。水野は手をとめて真鍋に走り寄ってきた。

わざわざすみません、と声をかける水野に、ついでだよ、と笑ってかえし、内山から意味ありげなことを言われてきたと告げた。

「内山さん、勘違いしてるんですよ。でも、それもありかな」

「なんだよ。また意味深な言い方して」

「ちょうどいいや。そっちの話を先に聞いてください」

丸顔に無造作な短髪、素朴を絵に描いたような風貌の水野にひとなつこい瞳で覗きこまれて、真鍋は彼のいつものペースにのみこまれないように用心した。

「真鍋さん、楽器はなにかできますか」

「あ、だめだめ、ぜんぜんだめ」

真鍋はあわてて片手をふった。ぴんと来たが、そぶりには出さず水野の話を聞いた。思ったとおり、正月に行われる神楽のメンバーが間にあわないかもしれないという。

地域に住む数少ない若者たちには、青年団や消防団など地元での複数の役割があるが、季節ごとに行われる集落の伝統を守ることも、大きな役割のひとつなのだ。

手が足りないのは鞨鼓(かっこ)。腹につけて踊りながら叩く太鼓だという。

「やってみれば意外に簡単なんですよ。上手くなると楽しいですよ」

本題に入ってよと苦笑いすると、そうですねと水野も笑って話しはじめた。

昨日のことだ。水野が外にいた時間に会社に妙な電話がかかってきたという。

「そちらに、ようへいさんという人はいますか」

　若い男の声だった。二十歳前後ではないかと、電話をとった男性社員は水野に言った。電話の男に男性社員はくりかえした。

「ようへい、ですか」

「はい、ようは空にある太陽の陽、平和の平です」

「ああ、水野のことでしょうか」

　相手の口調につられて思わず言ってしまった。すると相手が一瞬沈黙した。

「……そうです」

「留守ですが、ご用件はなんでしょう」

「それは……陽平さんにしか話せないんです。本人と、連絡とれませんか」

　社員は名前を尋ねた。相手はふたたび躊躇し、ようやく、本村圭太（もとむらけいた）ですと名乗った。

　連絡先を訊くと無愛想に携帯番号が告げられ、ぷつんと電話が切られた。

「ね、あやしいでしょ。そんな名前に心あたりはないし、こっちからかけるのも、なんかいやだなあと思って、迷ってるんですよ。なんですかね、これ」

「なんだろうね。水野くんがふった相手の身内とか？」

「またあ、からかわないでくださいよ」

わざわざ呼びだして相談するようなことではなかったが、水野の性分では電話やメールで相談するほうが苦手なのだろうと真鍋は考えた。かえって好ましかった。

真鍋は笑って、しばらく様子を見たらどうかと水野に答えた。


水野と別れ、走りだしてほどなく内山から電話があった。車をとめ電話をつなぐ。水野の話の内容を訊かれて神楽のメンバーさがしだったと答えると、やっぱりそうかと内山は大きな笑い声をあげた。

真鍋は聞きこみの結果を尋ねた。収穫なしだったと答えがかえってきた。

「でもお隣さんはいろんなことをご存じでしたよ。清孝さん何年か前に離婚してるんだそうです。鎌倉だかに購入した家には新しい奥さんと最近生まれた娘さんが住んでいて、清孝さんは単身赴任で、神戸のマンションにひとりでいるっていう話です」

「じゃあ」思わず内山に尋ねた。「毎年夏にあの家に来ていたっていう男の子は」

仕事には無関係な話だ。言ってから、真鍋はそう気がついた。

内山は気にするふうもなく応じてくれた。

「そうなんですよ。あの子、今ごろどうしてるんでしょうねえ」ため息がまじっていた。内山のほうがずっと心配しているだろう。「お隣さんね、墓参りだか法事だかで帰ってきた清孝さんに直接聞いたようなんですよ。ちらっと聞いただけだけど、鎌倉の家も赴任先のマンションもえらく立派らしいですよって言ってました。でもさ、こういう話って一応個人情報なんでしょ。こうやってもれていくのかと思うと、ちょっと考えちゃうよねえ」

「心配しないでください。仕事柄、口は堅いですから」

冗談まじりに真鍋は答えた。内山があわてて否定した。

「あ、そういうことじゃないの。じつはね、今朝わたしが出かけたあとに、人材センターにあやしい電話があったって聞いたんで、そのこと思いだしちゃっただけ」

「あやしい電話ですか」少し前にも聞いたばかりだ。

「そう。西野清孝さんて人を知りませんかって」

「へえ……」人さがしというところまでおんなじだ。

「電話に出たセンターの職員は、まだ六十なかばのしっかり者の小母さんなんだけどね、なにが知りたいんだろうって考えながら、こちらはシニア人材センターですが、って答えたんですって。そしたら相手は、そちらで空き家の管理をされていると聞きましたので、って、そう答えたっていうの。小母さん一瞬混乱して、この人は人をさがしているのか、空き家をさがしているのか、わからなくなって、とりあえず、個人情報ですからと答えた。すると相手が言ったそうです。西野さんの実家は本当に空き家なんですか、って」

「つまり電話の相手が興味があるのは、西野清孝さん名義の住宅が、空き家かどうか、ということですか」

「そういうことなのかなあ。小母さんも、よくわからなかったけどなんだかあやしいと思ったんですぐに切りましたって、そう言ってましたけどね」

「電話、男の声でしたか」

「え？　ええそう、男の人だって言ってましたよ」

「そうですか……」

真鍋は来たときと同じ、尾白川渓谷の名水公園にちなんで、べるが通りと名づけられた坂道を、今度はゆっくりとくだった。

内山から聞いた言葉を反芻してみた。本当に空き家なんですか。どんな目的で、そんな訊き方をしたのだろう。

ふと、まっすぐな坂道の入り口に小さな姿が見えた。こちらに向かって歩いてくる。すぐ近くには名水公園も日帰り温泉もあるが、最寄駅はどこも遠い。観光客はたいてい車を使う。散策するような道でもない。真鍋は車のスピードをおとした。

地味な色のスーツ姿。コートは着ていない。近づいて、ますます違和感が増した。若い男のようだ。のんびりとした足どり、ひょうひょうとした歩きっぷりだ。

若い男。真鍋は今度は、水野から聞いた話を思いだした。

ようへいさんという人はいますか。若い男の声だったと男性社員は言った。水野ですか。そう訊きかえされるまで、電話の男は陽平の名字を知らなかった。妙な話だ。

真鍋の車が、坂道をのぼる男とすれ違った。

思ったとおり男は若く、小柄で痩せている。真鍋はさらにスピードをおとして、男が革の靴を履いているのを確認した。

日向山にのぼろうという人も、尾白川渓谷を歩こうという人も、スーツに革靴はありえないだろう。真鍋はそんなことを考えながら、人材センターに電話をかけてきた男が若い男だったかどうかを訊きもらしたことを少し悔やんだ。

太陽がかたむいても季節はずれの暖かさは変わらなかった。帰り道、逆方向になるが西野清孝の家に寄ってみた。

空はまだほんのり白い。真鍋は国道から農道に入る角にある砂利敷きのスペースに車を置いて、細い農道を数十メートルほど歩いた。

西野家の右隣の家は噂では今は週末しか使われていないらしい。今も窓に明かりは見えない。左隣の、小さな畑をはさんで十数メートル離れた平屋の住宅には、煌々と明かりがともっている。農道を進んでいくと、西野家の敷地の前に見覚えのある人影があった。伸びすぎたような短髪。もっさりとした背中。顔は見えずシルエットだ。

しかし真鍋は声をかけた。

「どうしたの、水野くん」

水野陽平がふり向いた。

「真鍋さん……」

途方にくれたような声。昼間とは別人のような心細げな顔。真鍋はくりかえした。

「どうしたのさ」

「ここ」水野は西野家の建物に目をもどした。「小学校のときの同級生の家なんです」

「同級生？」

内山の話とは違っている。

「はい。おれと同じ陽平って名で、西野陽平っていうんですけど」

「この家に住んでたの？」

「はい。東京の小学校にいたんですけど、いろんな事情があったみたいで。この家は西野のお祖父ちゃんとお祖母ちゃんの家なんです。西野は四年生の途中に転校してきて、卒業するまでここに住んでいました。中学は両親のいる東京にもどったみたいですけど」水野がふと気づいて、尋ねてきた。「真鍋さんはどうして？」

「ああ、この家ね、空き家バンクに登録されていて、シニア人材センターで管理してるんだけど、今朝、内山さんとふたりで現状確認したんだよね」

「ああ、西野の家だったんですね」

「そう。そのとき内山さんから、亡くなった家主さんのお孫さんが、小学生のころ夏休みになると遊びに来て、夏じゅうここに泊まっていたっていう話を聞いたんだ」

「夏休みだけじゃないです」水野は弱く笑った。「内山さんの記憶違いだと思います。昔のことだからしかたないけど。西野は二年半、ぼくらのクラスメイトでした」

「そうか……」

「ぼくら、中学に入ってからも、ときどき葉書のやりとりをしてました。わざとふざけた葉書を書いて送って、西野もかならず返事をくれました。だけどあるとき葉書を出したら、もどってきてしまって。電話をしてみたら、もう違う人の家になってました。ちょっとショックでした。西野はどうしてなにも話してくれなかったんだろうって思いました。自分も悪いんだって反省もしたけど、でも子どもなんだからしょうがないって、自分に都合よく言いわけしたりして。だけど、ずっと、後悔してました」

ひと言ひと言かみしめるようにして話す声ははっきり聞こえるけれど、夕闇が濃くなり、水野の表情はよくわからない。ふたりは西野家の庭を前に立ち話をしている。平屋の建物も、その裏にある小さな林も、星空を背に黒いシルエットになっている。離れた国道を、通勤帰りか、ときおり車が走りすぎる。

「ぼくら、一号二号って呼ばれてたんです」

「一号二号?」

「陽平一号、陽平二号ってことです。子どもってホントくだらないこと考えつきますよね。今なら笑っちゃうけど。西野と水野も、似てるからややこしい、番号をつけろって言われて。女子がそんなの差別だって言いだして。若い男の先生が職員会議かなんかで、イジメじゃないのかって問題にしたみたいで、一時期ちょっと騒ぎになりかけましたけど、ぼくの父も西野のお祖父ちゃんも、笑って相手にしなかったんです。でもあれってイジメだったんですかねえ。ぼく今、そんなこと思いだして、考えてたんです。ぼくもみんなと一緒に笑ってたけど、西野は、もしかして本当はしんどかったのかなあ、って」

「だけどどうして今ごろ?」

「ああ、そうでした。夕方、小学校で同じクラスだった友だちが電話をくれたんです。今日の昼すぎに西野の家の近くで、西野によく似たやつを見かけたって」

「今日？」

「はい」

真鍋の脳裏に、べるが通りで見た若い男の顔がよぎった。まさか、と首をふった。

夕闇の中で水野は話しつづけている。

「でも十三年前ですよ。見てすぐわかるのかよって言ったら、じゃあやっぱり違ったのかななんて、そいつも弱気になってましたけど。考えてたんですけど、昨日のへんな電話と、なにか関係あるんでしょうか」

「そうかもしれないね。陽平っていう人はいますかって訊いてきたのは、一号二号の話を知っていたからかもしれない」

「やっぱり。じつは最初聞いたときからそんな気もしてたんですけど、なんだか、あんまりよくない話みたいな気がして」

「なんだよ。意外に小心者なんだな」

真鍋はわざと笑った。水野にとっては、なつかしさよりも後悔のほうが大きかったということなのかもしれない。そうも考えたが、真鍋は話をつづけた。

「でもそれだったら、こっちにも気になることがあるんだよ」

「気になること？」

「そう。内山さんは自分の気のせいだろうって言うんだけどね」

取り替えたばかりの玄関の鍵。ツツジの下の犬の墓。裏の擁壁の穴。

水野が明るい声をあげた。

「なつかしいなあ。あのお墓の犬、たぶん迷子だったんですよ。子犬のときに西野が拾ったんです。雑種だけど柴犬の血が入ってるんじゃないかって大人たちが言ってました。裏の石垣には、ぼくのテスト用紙を西野に頼んで、すきまに隠したことがあります」

「なんでそんなこと」

真鍋が笑ったとき水野のスマホが鳴った。水野も画面を見て笑った。

「歩美だ。小学校のとき同じクラスで西野と三人ぼくら仲が良くって、いつもつるんでたんです。ちょっとすみません」早口で一気に言って水野は電話をつないだ。「歩美、今どこ。え？」歩美に言葉をさえぎられたようだ。「え？　うん、聞いた。だから今、西野のうちの前に来てる。いろいろ気になることがあってさ。……え？　でもだいじょぶなの？　……いや、真鍋さんていう不動産屋さんの人と一緒にいる。……だからさ、いろいろあって。……わかった、待ってる」

電話を切られたらしい。水野は苦笑いしながらスマホをしまった。

「今の、田口歩美っていいます。歩美もおんなじような電話をもらったみたいで、ちょうどこっちに向かっていたみたいです。十分で着くって言ってました」

「仕事の帰りかな。女の子?」

「女子です。そうみたいです。道の駅近くのイタリアンレストランに勤めてるんです。今日は早番で、でも夕飯はお母さんに頼んだから大丈夫だって言ってました」

西野家の庭は広いが断りもなく車をとめるのは抵抗があった。真鍋は農道の入り口に車をとめた。水野は国道の反対側にある小公園にとめてあるという。国道までもどって歩美を待とうかということになった。ちょっと待っててください。水野が真鍋に言って庭に入っていった。真鍋もつづいた。

水野がツツジの下を覗きこむ。スマホのライトで照らし、丸い石に手を伸ばして、寂しかったか、とつぶやいた。

歩美によくわかるように道路近くにもどった。歩きながら水野が尋ねてきた。

「人材センター、やっぱりドローンをとりいれるんですか」

「そう。明日から忙しくなるって、皆さん張りきってるみたいだね」

「ぼくらの所でも、輸送や確認に使う方向で準備してるんです」

「へえ、そうなんだ」

真鍋は人材センターにも妙な電話がかかってきたことを水野に話した。

「西野清孝さんの家は本当に空き家なんですかって、そう尋ねてきたそうだ」

「へんな訊き方ですね。若い人ですか」

「わからない。違うんじゃないかな」

白っぽい軽自動車が近づいてきた。運転席の窓があき、女性が「田口です」と元気な声を出す。気の強そうな華やかな顔だちが、街灯の明かりだけでもよくわかった。

田口歩美は真鍋と同じ砂利敷きのスペースに車をとめた。

水野は会社にかかってきた妙な電話について歩美に話した。歩美が尋ねた。

「その本村圭太って人が、西野くんとなにか関係があるっていうこと?」

「それはまだわからないけど」

「ためしにこっちからその人に電話してみたらどう?」

「そうだね」

歩美の勢いに押されたように素直に答えて、水野はスマホを出した。

水野と本村圭太は、スピーカーホンで手さぐりするように名乗りあった。

本村は東京都内にある大手家電量販店の販売員、西野陽平の職場の後輩だった。

「いったいなにがあったんですか」

とつぜん歩美が我慢できないといった声でスマホに叫んだ。水野が本村に謝った。

「急にごめんなさい。今のは西野くんの小学校のクラスメイトで、ほかにもうひとり、ぼくの知りあいでいつもお世話になっている人が、一緒にこの電話を聞いてます」

わかりましたと、本村はとくに気にせず、話をつづけた。

西野陽平は家電全般にくわしく対応もていねいなので客に人気があった。職場の先輩にそれを嫉妬されて以前からいやがらせを受けていた。数日前、その先輩が西野に、レジの金を抜いただろうと根拠のない言いがかりをつけてきた。相手にしない西野を休憩室まで追いかけてきて、しつこくからみ、西野に払いのけられたはずみに頭を打って気を失った。

「本当は気絶なんかしてなかった。芝居してたんです。手下みたいなやつらがわざと大騒ぎして、息をしてないとか意識がないとか言って」

「じゃあ怪我は？」

「ぜんぜん。今だってぴんぴんしてますよ」本村が吐き捨てるように答える。

「よかった」水野がつぶやいた。

その騒ぎのさなかに西野陽平が休憩室からいなくなった。西野は職場から姿を消し、自分の部屋にも帰らず、その後、連絡がつかずにいる。

本村も共通の友人たちに連絡をとったが、西野の行方はわからなかった。

「それで、前に先輩から聞いた話を思いだしたんです」

小学生のとき同じクラスに同じ漢字の陽平という同級生がいて、名字も似ていたから、友だちから一号二号って呼ばれてたんだと、西野が笑って話していた。

本村の話に、水野と歩美は顔を見あわせ目を輝かせている。

「その人、今どうしてるんですかってぼくが先輩に訊いたら、田舎のおじいちゃんが、今は市内の林業関係の会社にいるって話してたって、たしか先輩がそう言ってたんで、それでぼく、西野先輩が小学生のときに住んでいたっていう町にある、林業の会社を調べて、あの、なんだかすみませんでした、へんな電話をかけてしまって」

「そんなことないです。気にしないで」

「あの、西野先輩、そっちに行ってませんか」

「まだ確認できてないけど来ていると思います。西野を見かけたっていう情報があって、それで今、西野の家の前に集まってるんだけど、今は空き家だから、中に入れなくて」

歩美がスマホに顔を近づけた。

「だけどありがとうございます。西野くんをさがしてくれて。水野くんにも連絡してくれて。それでいろんなことがわかったんです。わたしたちとっても感謝してます」

「いえ、こちらこそ」本村の声が照れていた。

真鍋は水野に手を出し、「ちょっといいかな?」とスマホを受けとった。

「真鍋っていいます。お世話になります。ひとつ教えてほしいんだけど、西野陽平くんのご両親は、今度のことなんておっしゃってるんでしょうか」

「あ、本村です。先輩の両親はたしか何年か前に離婚して、先輩はもう何年もどっちとも連絡をとってないんだって言ってました。今の仕事も田舎の祖父のコネなんだよって言ってたような気がします。それもあったんで山梨にいるのかなって思って」

「西野くんは電話に出ないんですね?」

「そうなんです。ラインも既読にならないし。メッセージもずっと送ってますけど」

「本村くんは、西野先輩がどうしてこんなことをしているのか、どう思う?」

「先輩はきっと驚いたんだと思います。まわりがすごくおおげさに騒いで、死んだら西野のせいだとか叫んでましたから。本当はあいつら、おもしろがってたんですよね」

「そうだったの?」

「そうだと思います。じつは今回あちこちに連絡してみてわかったことなんですけど、先輩はぼくの知らないとこでも、ずいぶんいやな目に遭ってたみたいなんです。ぼくにはそのことは話してくれなくて、だからぼくは、知りませんでした」

「そうか。いろいろありがとう。西野くんはかならず見つけるよ」

「お願いします。先輩に言ってください。心配することなんかなにも起きてないって。みんな先輩のこと心配して、さがしているって」

「わかった。かならず伝えるよ。もうひとつだけ頼みがあるんだけど、いいかな」

「もちろん。なんですか」

「最近の西野陽平くんの写真を送ってくれないかな。ぼくたち、大人になった彼の顔を知らないんだ」

本村がいったん通話をオフにした。水野が、ぼんやりした声で歩美に話しかけた。

「まさかあいつ、ばかなこと考えたりしてないよな」

「そんなわけないじゃない」

「だってあいつ、気が弱いとこがあるから」

「そんなことないよ。西野くんは強い子だったよ。こんなことくらいで」

「歩美は知らないんだよ」水野が弱い声でさえぎった。「ホントに信じられないくらいひどいやつがいるんだよ。おれも東京のバイト先で、見たことがある」

「わかるよ」今度は歩美がさえぎった。「わたしだって見たことあるもの」

「……水野、両親と連絡とってないって言ってたよな。おれ、なにも知らなかった」

「そんな親、いなくてもいいような気がする」

きびしい言葉のわりに、歩美の声はひどく弱かった。

「でも……それでも親だから」

「わかってるけど……」

真鍋は口出ししなかった。ふたりはたぶん、真鍋のことなど忘れている。

本村からメールが届いた。水野と歩美が真鍋の手元を覗きこむ。

写真は三枚。きまじめにこちらをまっすぐに見ている西野陽平の顔のアップ。本村なのか、少し年下の男と肩を組んで笑っている顔。そして、外の陽ざしの下でまぶしそうに横を向いた瞬間。真鍋は食い入るように写真を見つめた。

「西野くんだ。やだ、大人になってる」

歩美がうれしそうな声を出し、とつぜんわいてきた涙を素早くぬぐった。

「本当だ。すごいや。昔のまんま、大人になってる」

水野も喉をつまらせながら叫ぶと、乱暴に目をこすった。

真鍋は一枚目の写真を拡大した。

西野陽平は、真鍋が車から見かけたときとよく似た濃い灰色のスーツを着ていた。

細い体。細い頬。まっすぐにこちらを見ている迷いのないまなざし。あのときも一瞬すれ違った真鍋に、同じような素直でまっすぐなまなざしを向けてきた。

確信した。真鍋は写真から目をあげずにつぶやいた。

「この子、水野くんの現場から帰るときに、見かけた」

言葉にしてみて、西野陽平が水野のいる場所をめざして歩いていたのだと気がついた。行き違いで、会えなかったのだろうか。

「ホントに?」「本当ですか」

水野と歩美が声をそろえて真鍋の顔を見た。

真鍋はうなずき、水野にスマホをかえした。

「そのこと、本村くんにも伝えてやって。確認してまた知らせるって。ぼくはちょっとたしかめたいことがあるから」

言いながらふたりに背を向け、そこを離れた。

国道にも背を向けスマホを出して、内山を呼びだす。むだかもしれない。そう思いながら、つながるのを待った。

「真鍋さん、ちょうどよかった」

内山のその声をさえぎって、尋ねてみた。念のために確認するが、昼間シニア人材センターにかかってきた妙な電話の相手の連絡先は、やはりわからないのだろうか。

内山が明るい声をかえしてきた。同じ相手からまた電話があったのだと言う。

留守番の女性職員が事務所を閉めようとしていたとき、電話は鳴った。昼間の男性が昼間の電話を詫びて、自分の勤務先の企業名と部署、宮島（みやじま）という名と携帯番号を告げた。

「彼女、すぐにわたしの電話にかけたらしいんだけど、わたしのほうで今まで気がつかなくてさ。だから遅くなっちゃってホントにごめんなさい。今気がついて真鍋さんに知らせようと思って留守電の内容をメモしてたの。わたしより真鍋さんからその人に事情を訊いてもらったほうが、いいような気がするんでね。まかせてもいいかな」

真鍋は内山に話さずにいられなかった。

「じつは今、西野さんちのすぐ近くにいるんです。水野くんと一緒に」

いきさつを手短に話すと、内山は、よかったよかった、とくりかえした。

「じゃああの子、元気なんだね。近くに来ているってことなんだね。見つかったら、ぼくもぜひ会いたいよ。あの子にも、水野くんにも、そう伝えて」

内山が女性職員からもらった留守電の内容を読みあげ、真鍋はメモした。

水野と歩美にも事情を話した。

「内山さんが言ってたよ。あの子すぐ近くにいるんだねって」

「そうですね。西野はすぐ近くにいるんですね」

「日向山まで水野くんに会いに行ったんだもの、西野くんもわたしたちのことさがしてるのよ」

「最後はきっと、空き家になっていても、自分のうちに来ますよね」

「わたしもそう思う。ねえ、西野くんちに行ってみたい」

歩美に言われて水野が、うんとうなずき、真鍋に言う。

「ぼくら、先に行ってますね」

ふたりは西野の家に向かって走りだした。


明かりのない農道を走っていく水野と歩美の影を見ながら、真鍋も車の音に邪魔されないよう国道を離れた。スマホの画面の数字に触れていく。

「待ちかねていましたよ」

真鍋が名乗ると、電話の相手は静かな声でそう言った。おだやかで、温かな声だった。

真鍋は自分は地元の不動産業者で、空き家を管理する人材センターの担当者と一緒に、西野家の現状確認をしたばかりだと自己紹介した。

宮島という人も勤務先と住所を告げて自己紹介し、宮島の亡父が西野清孝の父の礼治郎に生前とても世話になったのだと説明した。

数年前、西野礼治郎も宮島の父も元気だったころ、陽平という名の礼治郎の孫息子に、大手家電量販店の仕事を紹介した。宮島は保証人になるときに一度会っただけだったが、陽平は礼治郎が自慢していたとおり頭の良い気持ちの良い青年だったと、真鍋に言った。

「それで西野陽平くんの勤務先からわたしに問いあわせがありましてね」

西野の上司は宮島に言った。少し前の話だが、社員のひとりが商品の横流しをしている疑いがあり本人を問いつめたところ、同僚の西野陽平の名前をあげたのだという。

「上司の方は西野くんにも話を訊き、調査をつづけた結果、西野くんは横流しとはまったく無関係で、同僚の男のでっちあげだったと証明されたそうです」

真鍋は安堵の息を吐いた。

「わたしも信じてはいましたが、それを聞いて本当に安心しました。上司の方は、西野くん本人にも知らせてやりたいが、じつはそれ以外にも社内でちょっとしたいざこざがあり、たぶんそれが原因で現在西野くんの行方がわからず、連絡もとれていないのだと言われまして」

宮島は西野陽平に電話してみたが何度かけてもつながらなかったと言った。

「でもどうして田舎の空き家にいるかもしれないとお考えになったんですか」

真鍋の問いに、宮島が小さく笑った。

「その節はまことに大人げない電話になりまして、ご迷惑をおかけしました」

宮島は、西野礼治郎夫婦が亡くなったことを知らなかった。宮島が父親の死を西野礼治郎に知らせたときに礼治郎からていねいな手紙が届いたけれど、じつはそのときにはもう夫婦とも動けるような状況ではなく、手紙は看護師が代筆したのだと、あとになって知った。

礼治郎とその妻の死については、息子の西野清孝が、実父の礼治郎と宮島父子の交流を知らなかったらしく、宮島には連絡がなかったという。

「わたしは西野陽平くんとは、たった一度しか会ってないんですが、たった一度のそのときの記憶が、今でも、強烈に残っているんですよ」

宮島はまるで遠い目をして思い出をかみしめているような声で話した。

西野陽平が、保証人になってもらった礼を伝えるために宮島の自宅を訪れたとき、宮島の父親は、たまたま長期入院していた先から自宅にもどっていた。

「わたしの父は、今は空き家になっているという礼治郎さんのお宅のある集落に疎開していたそうで、なんですか、陽平くんとのお話が、とてももりあがりましてね」

宮島自身は、都会で生まれ育った。実父と西野陽平が語りあう田舎暮らしのエピソードや、知らない野草や野鳥の名前や生態、山の天気の変わりようまで、宮島には耳新しいことばかりだった。宮島の父親の寝室で、祖父と孫のようなふたりは古い付きあいの同窓生のように夢中になって語りつづけ、何度も笑い声をあげていた。

あのときのふたりの姿が忘れられない。宮島はそう言った。

「あとで父が話していましたが、最後はふたりで、いつか一緒に礼治郎さんの家に遊びに行こうなんていう約束まで、していたようなんですよ。そんなことがありましたので、礼治郎さんのご自宅が空き家になっていることを知って、もちろんそれも充分ありえることなんですが、でもわたしには、大きなショックでした」

本当に空き家なんですか。宮島が口走ってしまった言葉には、そんなわけがあったのだ。

「今もまだ、ショックですよ。陽平くんがいちばん帰りたい場所は、その家なんじゃないかなんて、よけいなことまで考えてしまいました」

真鍋は、西野陽平はこちらに来ているらしいと宮島に話した。

「やっぱり……」宮島がつぶやいた。「そうでしたか……そうですよね」

安堵しながら同時に寂しさもにじませている、そんな声だった。

国道を走る車もすっかり途絶えていた。

真鍋は農道を歩いて西野の家に向かった。

細い月は頼りなく、平屋の建物の黒い影が、星明かりに浮きあがっている。

空き家の庭は想像以上に暗かった。手さぐりするような闇から声が聞こえた。

「歩美とふたりでお隣にご挨拶して、事情を説明しました」水野の影が、畑の先の民家のほうに頭を向ける。「こんな時間に空き家の庭に人影が見えたら、怖いだろうなと思って」

ふたりは犬の墓の前にいた。歩美が尋ねてきた。

「宮島さんていう人のお話、どうでした?」

「宮島さんは、西野陽平くんが就職したときの保証人で、勤務先から問いあわせがあって西野くんをさがしていたんだそうだ。西野くんがいちばん帰りたい場所はこの家なんじゃないかって、そう言っていたよ。空き家になっていると知って、とてもショックだったって」

「それで本当に空き家なんですかなんて言っちゃったんですね」

水野は空き家の影を見あげた。歩美がそんな水野に声をかけた。

「大丈夫。西野くん、かならずここに帰ってくるよ」

水野が夜空に向かって叫んだ。

「おい、西野。早く連絡してこい。みんな心配してるんだぞ」

「近所迷惑だよ」歩美が諭すような声を出し、自分も星を見あげる。「西野くん、待ってるよ」

真鍋も夜空に静かに呼びかけた。「そうだよ。みんな待ってる」

歩美がはずんだ声で水野に尋ねた。

「ねえ水野くん、憶えてる？　昔この庭で、みんなで花火したよね」

「したした。お祖母ちゃんが悲鳴あげてた」

「そうだった、お祖母ちゃん、かわいかったね。ねえ、車に、夏にできなかった花火が置いてあるんだ。西野くんが来たら、やらない？」

「それこそ近所迷惑じゃないか？」

「お隣も誘ってみようよ。あ、車で思いだした。桜餅がある」

「桜餅？」

「常連さんの差しいれ。帰りにもらったの。ねえ真鍋さん、知ってます？　桜餅を包んでる葉っぱって甘い匂いがするでしょ。でも桜の葉はね、ただ切りとっただけでは香りはしなくて、人間が葉っぱを塩漬けにして、あの香りを出すんですね。だけど塩漬けなんかにしなくても、じつは桜の葉っぱは、虫にかじられると自分で甘い匂いを出すんです。なぜって、虫があの香りを嫌いだってことを、知っているから」

歩美の元気な声は、闇から聞こえてくる。水野も闇の中から声をかえした。

「歩美さあ、得意そうに言ってるけど前にも聞いたよ。昔西野から聞いたんだろ」

「得意そうで悪いか。西野くんは物知りなんだよ」

「知ってるよ。雑学王って言われてた」

顔も見えないままつづくふたりのやりとりに、真鍋は笑った。

「ちょっと暗くなりすぎちゃったね。ふたりの顔が見えないよ」

「道路までもどりますか」

三人は歩きだした。真鍋の背後でふたりの声がつづく。

「西野さ、小学生のくせして、ラジオを分解して壊しちゃったことがあってさ」

「ああ、そんなこと聞いたことがある」

「家電量販店か。めっちゃくわしそうだよな」

「女子たちが西野くんは昆虫博士だって言ってた」

「おれはなんとなく、動物のお医者さんになりそうな気がしてた」

「獣医さんかあ。似合いそうね」

尽きることのない思い出話を聞きながら、真鍋は友人の顔を思いうかべていた。

数年前、八ヶ岳の麓の町で大学時代の同級生にぐうぜん再会した。卒業以来だった。「おれ、ずっとへんなんだよ」そう言って、真鍋はだれにも話せずにいた不安を彼に打ちあけた。

幼い娘にこれきり会えないのだと思いつめたとき、真鍋は死ぬことにとり憑かれた。ある夜、衝動的に運河に架かる橋に向かった。見知らぬ少女が運河を覗いていた。その背中を見たとたん、真鍋の体の真ん中に大きな拳で打たれたような衝撃が走り、鈍い痛みにおそわれた。正体不明の衝撃と痛みに驚き恐怖を覚えながら、真鍋は思わず少女の背中に向かって、死ぬな、と声を出さずに叫んだ。少女がふり向いた。ふたりは黙って瞳の奥を見つめあった。互いに相手の考えていることがわかった。少女はしがみつくように真鍋の腕をつかんで静かに泣きつづけ、けっきょく言葉をかわすことはなく、そのまま橋の上で別れた。その夜から似たようなことがつづいた。駅のホームや近所の踏切でだれかの背中を見ていると、とつぜん真鍋の体を衝撃と痛みがおそう。我慢できずに、死なないでくれと声を出さずに叫ぶと、相手は暗い目で真鍋を見つめてそこから立ち去る。

この町で昔の友人に会い、すべてを打ちあけ、ノイローゼかなと問いかけると、友人は静かに首を横にふった。「死にたいと思いつめていた真鍋の気持ちが、同じ思いの人間の気持ちと、シンクロしたのかもしれないな」淡々と冷静にそう分析した。完全に納得したわけではなかったが、真鍋は彼の言葉を受けいれた。肩の荷が下り、原因不明の衝撃や痛みや恐怖を徐々に忘れていった。友人に救われたのだ。あのとき友人は真鍋に言った。「おまえは昔から、人の痛みに同調しやすいやつだった」。真鍋にそんな自覚はなかった。けれど自分のことを自分より友人のほうがよくわかっていることもある。

背後で、水野陽平と田口歩美の笑い声が聞こえた。真鍋もほほ笑んだ。水野や歩美も、西野陽平自身が忘れていることまで、憶えているのかもしれない。

昼間の暖かかった空気もいつのまにかひんやりと冷えきっている。真鍋は上着の襟を立てた。国道を、ふたつのライトが近づいてくる。

切りとられたようなガードレールの白さが、目の前で移動していく。

と、なにかが動いた。道路の向こう側にいた人の影が、車を避けようとしたようだ。

小柄で細い体。真鍋ははっとした。

水野と歩美はなにも気づかず、笑い声がつづいている。

乗用車が通りすぎた。真鍋は確信のないまま道路の向こう側に叫んだ。

「西野くん！」

うしろの笑い声がとまった。ふたりは声も出さずに真鍋を追い越していった。

闇にもどった道路の向こう側から、声が聞こえた。

「なんだよ西野お、今までどこにいたんだよ」

「いつこっちに来たのよ」

「なあ、おれ水野。わかるよな？　な？」

ふたりの声ははずんでいる。西野陽平の声は聞こえてこない。

三人はシルエットのまま、声と一緒に真鍋に近づいてくる。

「わたし歩美、変わってないでしょ」

「西野もぜんぜん変わってないよ。あっちでちゃんと顔見せろよ」

街灯の真下に移動した真鍋の前に、三人が立った。

「真鍋です」告げると、「西野です」と相手は答えた。

ふいに四人は黙りこんだ。

西野の賢そうな細い顔は意志も強そうに見えた。真鍋の脳裏に、今日一日いろんな人から聞いてきた西野陽平の身に起きた出来事が、切れ切れにうかんだ。

水野がしんみりした声を出した。

「東京でいろいろあったみたいだけどさ、みんな解決したみたいだから」

「知ってる」西野がぽつりと答えた。「友だちからいっぱいメールが来てる」

「友だち、いっぱいいるんだな」

水野の声は、やきもちをやいているようだった。

「こっちのみんなも、心配しているよ」

「本当だよ。みんなに心配かけてさ」

歩美と水野にひかえめに責められて、西野が声をもらした。

「もう、さ……」

西野はそれきり黙りこんだ。

真鍋たち三人は、続きを待った。

「……なんだか、疲れちゃったんだよ」

ようやく声を出した西野は、街灯の下でかすかに笑っていた。

「いろいろ、あってさ」

闇に西野の細い声が吸いこまれていく。

水野と歩美は息をとめたように動かない。

ふたりは西野に、事情説明をねだったわけではないだろう。

水野と歩美は、西野が職場で横流しの濡れ衣まで着せられていたことを、知らない。

西野陽平は、宮島の父親が亡くなったことを、たぶんまだ知らないのだろう。

そのうちたっぷりと昔話がつづく。つらいことは今すぐ知らなくてもいい。

真鍋と同じことを歩美も感じたのだろうか、彼女は明るい声で話を変えた。

「でもよかった、会えて。これからはたくさん会おうね、わたしたち」

「西野もここに住んじゃえばいいんだよ」

西野は黙って笑っている。

水野が三人がここに集まったいきさつを、話が行ったり来たりしながら説明した。

話す水野の顔を、西野が思慮深げに見つめている。小学生のころも、ふたりはこんなふうだったのかもしれない。西野は冷静な声で水野に答えた。

「庭のお墓の石だけど、ここに最初に来たとき、ころがってるのを見たから、ぼくが直したんだ。石垣は、ぼくはさわっていないよ。どこでも手を突っこむと危ないよ。なにがいるかわからないからね。昔、主みたいな蛇が棲んでたことがあるんだ。玄関の鍵は、替えたって知らなかったから、持ってた鍵を使ってみた。あかなかったから、ちょっと力が入っちゃったのかもしれない。そうか、人材センターの人に、迷惑かけてたんだね」

「玄関の鍵、ずっと持ってたの？」歩美が訊いた。

「昔、お祖父ちゃんに持っていけって言われて、それからお守りみたいにいつも持ち歩いてる。でも使ったのははじめてだよ。今まではいつもあいてたから」

もう、あけてくれる人はいない。

同じことを、三人も考えたのかもしれない。短い静寂があった。

ふいに水野が手を打った。

「ちょうどよかった。神楽の鞨鼓がいないんだ。西野なら器用だからすぐできるよ」

西野が苦笑まじりの声で答えた。

「でもリズム感ないからな」

真鍋は闇の中で笑顔になった。西野陽平はすでに、ここに住むつもりになっている。

「仕事もたくさんあるよ。西野くんならなんでもできるし」

歩美のはしゃぐような声を聞いて、真鍋はふと思いついて言ってみた。

「西野くん、もしかしてドローンの操縦なんかもできるんじゃない？」

「なんで知ってるんですか」

意外そうに尋ねる西野の声に、歩美の声がかぶった。

「できるの？　すごいね、西野くん」

「だれにでもできるよ。だれでも買えるし。ぼくも小さいのを買って普通に使ってる」

「ホントに？」歩美のその問いに交差するように水野が真鍋に訊いてくる。

「真鍋さん、だれに聞いたんですか」

「聞いてなんかいないよ。西野くんなら興味あるんじゃないかなと思ってさ」

「ねえ、林業でももう使ってるの？」

今度は西野が水野に訊いた。水野が得意そうな声で答える。

「今準備中なんだ」

「ねえ、鳥獣被害対策でセンサーとか使ってる？」

「聞いたことはあるよ。興味あるの？」

「うん、ある」

西野は顎をあげ、きっぱりと答えた。やりたいことがいくらでもありそうだ。過去がなんなのだろう。いつでもスタートできる。それは自分も同じことだと真鍋は思う。

水野と歩美が争うように西野を質問攻めにする。西野は饒舌に答えている。

真鍋は田んぼの向こうに見える西野の家の黒い影に目をやった。左隣の、一度は明かりが消えたはずの民家の一室に明かりが灯った。田んぼをはさんで距離はあるはずなのに、こちらの声が大きかったのだろうか。真鍋は念のために自分も挨拶したほうがいいのかもしれないと考えた。

三人はドローンの話に夢中だ。真鍋は夜道をひとり民家に向かった。

三人とも真鍋が離れても気がつかないでいる。手探りで農道を進みながら、真鍋は空を見あげる。さっきより星が増えていると思うのは気のせいか。

うしろで大きな笑い声があがった。星が動いたように見えた。

物件Ⅳ

約束

八ヶ岳南麓高原湧水群の中でも、市内西側の町にある大滝湧水は、一日およそ二万二千トンの豊富な水量を誇るという。そう聞いても見当がつかないが、ためしに大滝神社を訪れ、大木をくりぬいた樋の出口から、しぶきをあげて絶えず落ちる湧水を目のあたりにしてみれば、きっと納得してしまうだろう。

その豊富な水を棚田にまんべんなく届ける用水路、八反歩堰(はったんぶせき)に、流れに沿って整備された遊歩道がある。散策路と呼んだほうがいいかもしれない。師走を目前にしたある日、真鍋智也は神社に車を置いて散策路をひとりで歩き、冬景色を楽しんだ。たっぷりふりそそぐ冬の陽ざしが日だまりをつくり、透明な流れの底まで届いている。井戸水が濁ったら大滝神社の湧き水を井戸にそそげば清められる。そんな言いつたえを思いだした。

散策路を抜けるとそこにあるのは、三峰(さんぽう)の丘だ。富士山、北岳、奥穂高と日本の高峰ベストスリーが一度に見られるので名づけられた。丘の周囲には棚田が一望でき、雄大な山の景色と素朴な田園風景が楽しめる。間近をＪＲが走り、三脚を立てて待っていれば、カーブの向こうから富士を背景に最新型の特急電車が現れる。

十二月に入った。八反歩堰の近くを社用車で走っていた。

棚田の真ん中の未舗装の道に赤い軽自動車がとまっているのが見えた。車体がななめにかたむいているようだ。赤い上着を着た女性が腰を曲げて車の下を覗いている。

真鍋は車をとめた。農耕車優先の道は細い。とりあえず自分の車はそのままにして、軽自動車に向かって走った。

真っ赤な上着はダウンジャケットだった。女性は体を起こし、走ってくる真鍋のほうを見た。八十歳か、もしかしたら九十歳かもしれない。履いている長靴も赤い。

「どうしました」

真鍋がかけた声に、女性は小首をかしげてどこか他人事のように答えた。

「車が動かないんです」

エンジンは動いている。ただタイヤがあぜ道をはずれて、やわらかそうな土に埋まっている。真鍋は女性に運転席に座るように告げた。

エンジンをふかしてもらい、そのあいだに車体を持ちあげて硬い土の上に移した。

女性が真鍋に礼を言った。笑顔になるとますます皺だらけになり、太い皺のような目からこちらは見えているのだろうかと、真鍋はよけいなことを考えた。念のために真鍋が運転席に座って車を運ぶことにした。

「どちらに向かいますか」

女性は道の先に見える大きな農家を指さした。

瓦屋根が光る、庭の広い民家だった。駐車スペースの屋根の下に赤い車をとめた。

車を降りた女性がゆっくりていねいに頭をさげる。

「すっかりお世話になって。このご恩は忘れません」

真鍋はなんだか自分が昔話の主人公になったような気がした。

田んぼの真ん中に置きっぱなしにした自分の車にもどろうとしたときだった。

気配を感じて、道の奥にある住宅に目をやった。

たった今出てきた家によく似た造りの農家の庭から、ふたりの男女が姿を現し、そのまま道ばたで、つかみあいになろうとしている。体格のよい長身の男が手を伸ばし、背中を向けて逃れようとする細身の女性の黒く長い髪をつかんだ。

のけぞる女性を見て、真鍋は反射的にふたりに向かって駆けだしていた。

女性がくるりと体をまわして、男と向きあった。ふたりは無言のまま、にらみあうように対峙した。真鍋は足をとめた。ひと呼吸ついて、ふたりの様子をうかがった。

ふいに男女は、なにもなかったように視線をはずした。男が女をしたがえるような格好で、ふたりは庭にもどっていく。真鍋に気づかなかったのか、こちらには目もくれなかった。

ただの痴話喧嘩だったのだろうか。ふたりともかなり若く見えた。不安は残ったが、他人が口出しするような状況ではないだろう。

真鍋は背を向け、田んぼ道にもどろうとした。すぐに背後から、走ってくるような足音が聞こえてきた。真鍋はふたたび足をとめてふり向いた。

赤や黄色や緑のまじった薄手のセーターに、たぶんジャージのグレーのパンツ。たった今男にしたがって庭にもどったはずの女性が、こちらに向かって走ってくる。

真鍋は既視感を覚えた。女性のすらりと伸びた四肢にも、きれいなフォームで走る姿にも、見覚えがあるような気がした。以前にどこかで会っているのだろうか。

立ちどまった真鍋の前で女性が足をとめた。想像していたよりもずっと若い。十代なかばか。朝の光に目を細める少し吊り目の一重まぶたが特徴的だ。男がつかんだ長い黒髪が両肩をおおっている。個性的な顔だちを見つめなおし、やはり知っていると真鍋は思った。

女性が、いや少女が、声を発した。

「おじさん、今の、見なかったことにして」

よく通る若い声。子どもっぽい口調。真鍋はとつぜん思いだした中学校の名を口にした。「きみ、あそこの生徒だろ。一度会ってるよね。体育館で。バスケ部だった」

廃校が決まった公立中学の校舎をＮＰＯの団体が借りたいという話があり、やまびこ不動産が賃貸借契約にかかわることになった。現状確認に訪れた体育館では、あいにくの雨で校庭に出られない複数の部活の生徒たちが走りまわっていた。

バスケット部員の中に、ほかの女子部員より頭ひとつ背の高い細身の女子生徒がいた。輪の外側に立ち、ほとんど動かないが、動くと俊敏で、その動きが美しかった。

「市役所の人たちと、おじさん四人で体育館を見せてもらった」

「そのことは憶えてるけど、おじさんは知らない。ていうか憶えてないよ」

女子中学生は早口で答えた。そうだろうなと思いながら、真鍋は少女の顔をまじまじと見た。どこか野性味を感じさせる、ふしぎな魅力のある顔だちだった。

「それより約束してよ。今見たこと、だれにも言わないって」

真鍋はさぐるように少女の顔を見つめ、「お父さん?」さぐるように訊いた。

少女は不服そうに鼻から息を吐いてから答えた。

「お父さんは悪くないよ。お父さんはわたしがいないとだめなの」

自信ありげな、きっぱりとした口ぶりだった。

しかし虐待されている子どもが言いそうな台詞でもある。真鍋はそう考えた。

「だからきみが我慢してるわけ？」

わざと皮肉な口調で言うと、少女は切れ長の吊り目で強く見つめかえしてきた。

「我慢なんかしてないよ。わたしがそうしたくてそうしてるんだから」

真鍋は自分からけしかけておきながら、まずい展開だと今ごろ後悔した。

「学校は？　遅刻するよ」

「創立記念日なんだよ」

「……そうか」

少女の喧嘩腰の口調に、真鍋は次の言葉を迷った。

ふと、少女のうしろに見える人影に気がついた。少女が出てきた庭からたった今道に出てきたらしい腰の曲がった女性が、足をとめてこちらを見ている。彼女は、朝の光をさえぎるように片手を額にのせた。

少女は背後に気づかず、じれた声を出した。

「ねえ、お願いだから。暴力とか虐待とかじゃないんだよ。悪いのはわたしなんだ」

親をかばうのも虐待されている子どもの特徴だ。これ以上、追いつめてはいけない。

「わかった。だれにも言わないよ」

「ありがと」

少女が低い声でかえしてきた。するとどこからか山羊の鳴き声が聞こえた。なんだか責められたような気がした。真鍋は胸ポケットから名刺入れを出しながら、少女に告げた。

「おじさんは真鍋っていうんだ。やまびこ不動産ってとこにいる」

なにかあったらいつでも連絡してきて。口には出さずに目でそう伝えた。

少女は押しつけられた名刺にちらりと目をおとした。視線をあげ淡々と名乗った。

「恵里佳(えりか)ですけど」

うん、と真鍋は黙って深く首を折った。

恵里佳が強い視線を向けてきた。

「約束、ぜったいに守ってよね」

どこかで山羊が、また鳴いた。

八ヶ岳連峰の西麓、通称鉢巻道路を走って県境を越えると、大手不動産ディベロッパーが所有する大規模な別荘地が広がる。近辺にはときおり中古のペンションや工房などが空き家になって残されている。先月中旬、東京都内でウェブデザイン会社を経営している大谷秀樹(おおたにひでき)という男性が、やまびこ不動産のホームページに掲載された中古ペンションを見たいと連絡してきた。社員は男性四人。都心に小さな事務所を借りているが今は仕事の九割をリモートで行っている。東京でなくても仕事は成立する。中古ペンションの三階をオフィスとして使用し、一階と二階を社長家族の居住スペースにしたいという。働き方はすっかり変わった。似たような問いあわせは増えている。

社員はどこで暮らすのかと尋ねた真鍋に、大谷は笑った。

「同じ町内か、せいぜい市内ですかね。四人とも独り者で、登山やキャンプが好きなやつばかりなんですよ。みんな、移住を楽しみにしています」

電話のあった翌週末、大谷は三十代の妻と小学生の息子ふたりをセダンに乗せて八ヶ岳を訪れた。今日は大谷ひとりで、二度目の訪問になる。

現地には車二台で向かうことになった。ペンションの開業は十年前だが営業は四年間だけで、あとの六年は空き家状態だった。売主が所有する周囲の林の手入れは滞っている。前回の家族四人での訪問ではセダンの車体に細かい疵がいくつもついた。大谷は移住が決まったらスポーツタイプに買い替えるつもりだからと言って、今日も疵だらけの車でやってきた。

分譲地をはずれ、舗装が切れた。シラカバの奥にペンションが見えてきた。真鍋はミラー越しにうしろのセダンに目をやった。枝からこぼれおちた冬の陽ざしを、砂利道を走るメタルシルバーのボディが跳ねかえしている。反射光が不規則にゆれている。

玄関前に車をとめた。大谷秀樹が降りてきて、すみませんと声をかけてきた。

「さっきからずっと電話が鳴っていまして。先に入っていてくれますか」

真鍋はわかりましたと片手をあげた。

広々とした無人のエントランスは掃除がゆきとどいている。

父親の大谷によく似た育ちのよさそうな小学生の子どもたちは、ロビーの吹き抜けの天井を見あげて、ホントにホテルなんだねと顔を見あわせていた。大谷は目じりをさげて上機嫌だった。しかし若草色のシンプルなセーターを品よく着こなした彼の妻は、口角をあげてはいたが目は笑わず、それさえもごく短いもので、すぐに視線を床におとした。

夫婦に温度差があるようだと、あのとき真鍋は感じた。同じ建物の中に自宅と会社がある。社長の大谷は、家族の時間と仕事の時間のラインをうまく引けるのだろうか。

むずかしい顔でロビーに入ってきた大谷に、真鍋は声をかけた。

「お忙しいですね」

「いや、」大谷が苦笑いを見せた。「プライベートなんですよ。兄からでした。先月、母が急死しましてね。それから、ちょっと、ありまして」

大谷は言葉をとめた。疲れているのだろうか。部屋のすみに置かれたソファに、埃よけのシーツの上から腰を下ろした。

「兄は、ぼくらが生まれ育った家から歩いて数十分という距離にあるマンションにいるんですが、その兄が、どうも父の様子がへんだと言いだしましてね」

どこか投げやりに突きはなしているように聞こえて、真鍋はつい尋ねてしまった。

「へんと言いますと?」

「ひきこもってるって言うんですよ」

「ひきこもる?」

大谷はさっきから一度も真鍋のほうを見ていない。自分の言葉をくりかえした真鍋の声も無視して、彼は話をつづけた。

母は七十になっていたが、実年齢よりもずっと若く、健康そのものに見えていた。昔から行動的な人で、リタイアした同い年の夫を誘って夫婦ふたりでよく外出していた。大谷が床に目をやったまま、そう話す。

「だから父のことも、母がいなくなって単に外出が減っただけだろうと兄に言ったんですよ。みんなもういい大人なんだからぼくなんかに電話してこないでくれってそう言いました。でもじつは兄も数年前に連れあいを亡くしてるんです。配偶者を亡くした喪失感は経験した者でなくてはわからないんだってぼくにそう言うんですよ」皮肉な口調だった。「昔からそうなんです。おまえにはわからないだろうって、見下すような言い方しかしない。兄だけじゃない。父もそうでした。兄は優秀なんです」

ふっ、と大谷が口をとじた。頭をうしろにそらして宙を見あげ、笑い顔になった。

「なんだか、まるで小さな子どもがするような話をしてますね。どうも見苦しいな」

真鍋は黙って苦笑いするしかなかった。


住宅の庭に、昨日の朝真鍋が運んだ赤い車はなかった。住人は外出中のようだ。

昨日の朝、棚田の真ん中で出会った赤いダウンジャケットの高齢女性に、もしもまた会えたなら、ぐうぜんをよそおい、世間話のついでに恵里佳と名乗った少女のことを訊いてみたい。真鍋はそう考え、時間をつくって集落を訪れた。

車は棚田の入り口に置いた。集落は今日も静かだ。冬の田畑に人の姿はない。

昨日の高齢女性の家の先に恵里佳の住む家がある。真鍋は迷いつつ歩を進めた。目的の家は平屋で、屋根は瓦葺ではなく、ソーラーパネルが見えている。築十数年といったところか。庭に面した南側の縁側にはサッシが六枚、レースのカーテンが引かれ、軒先にずらりと干し柿が吊るされている。この近辺ではこぢんまりとした造りのようだ。

家の中にも庭にも人の気配は感じられない。庭のすみに屋根と柱だけのひと坪ほどの小屋がある。山羊の住まいのように見えるけれど山羊の姿はない。

東側の奥に離れのような小さな建物があった。すりガラスの窓に、内側の棚に並んだ鍋や笊のような影が映っている。人が暮らしているようだが、家というより小屋とでも呼べそうな頼りなさで、外壁や木の扉に素人仕事に見える修理の跡がある。母屋を建て替える以前からあった建物だと思われた。

一か所だけある物干し場の竿には、少女の服、男物、使いこまれたタオルなどにまじって、年寄りの野良着のようなズボンが干してあった。真鍋は昨日の朝恵里佳の背後に見かけた高齢女性を思いだした。恵里佳の祖母だったのだろうか。

そのとき、意外な近さで山羊の鳴き声が聞こえたかと思うと、家の裏から腰の曲がった女性が小さな山羊を引いて現れた。昨日真鍋と恵里佳の立ち話を見ていた女性のようだ。真鍋に気づくと知りあいのように気安く手招きして、声をかけてきた。

「昨日の人だね。恵里佳ちゃんはまだ帰ってきてないよ」

真鍋は名前と勤務先を告げてから、「部活ですか」と女性に尋ねた。

「わたしは福田ちか子」気さくに名乗り、ちか子は真鍋の問いに答えた。「そう、恵里ちゃんは部活。今日は園芸部。家畜班なんだって。バスケット部とかけもちしてるんだよ。恵里ちゃん背が高くて足が速いから、どうしてもって、スカウトされちゃったんだって」

山羊を小屋に引きながら、得意そうな声でちか子はつづける。

「でも園芸部も、うちの山羊の世話をするためには辞めたくないんだってさ」

真鍋はちか子と山羊のうしろをついていく。

「家畜班て、めずらしいですね」

「らしいね。中学校じゃあ少数派だって言ってたよ。何年か前に、園芸高校に進学する先輩たちが、養豚やら乳牛やらの勉強がしたくて、最初は自分たちだけで勝手につくったんだって。今どきの中学生はたいしたもんだね」

ちか子は山羊小屋の扉を閉め、ふりかえると、精いっぱい腰を伸ばして胸をはった。

「死んだおじいさんが、畑の草とりがわりに飼っていたんだよ。今は恵里ちゃんが、小屋の掃除から病気の心配から、全部やってくれる」

「親戚なんですか」

　家族ではないようだと考えながら真鍋は訊いた。

「そうじゃないけどね。離れにはずいぶん昔にうちの親戚が居候していたことがあって、恵里ちゃんのお父さんがその親戚と知りあいで、その縁で貸してるんだよ」

　ちか子は母屋にもどり、縁側に並ぶ玄関の引き戸の鍵をあけた。真鍋に中に入ってサッシをあけてくれと言う。真鍋は言われたとおり引き戸の中に入り、無人の室内にごめんくださいと声をかけて縁側にまわった。サッシをあけると、待ちわびたようにちか子が腰を下ろす。遠慮するなとちか子に言われ、真鍋は正座をやめて縁側から足を伸ばした。

　ちか子は、恵里佳の父親は松岡哲也といい、まだ三十六なんだよと話しはじめた。

　恵里佳は中学二年生。若い父親だ。松岡哲也は市内の運送会社に勤めている。離婚してふたり暮らしになった恵里佳のために、今は泊まり仕事のない中距離トラックの運転しかしていない。真鍋がなにも訊かないのに、ちか子は話しつづけた。

「若いけど、まじめで働き者だよ」身内の自慢話をするような口ぶりだった。「真鍋さんだったっけ？　わかってるよ。恵里ちゃんのこと心配して、来てくれたんだろ」

「ええ、まあ」真鍋はあいまいに答えた。

「昨日は驚いただろ。わたしも最初はぎょっとした。おまえも逃げるのか、おまえもおれを見捨てるのか、って、引っ越してきた晩に怒鳴り声が聞こえてきてさ。本人は抑えているつもりだったらしいけど、あの掘ったて小屋じゃあねえ」

ちか子は愉快そうに笑って自分の離れを見た。

真鍋も目をやった。外壁のめくれが古材でていねいに修理してある。どこかから譲りうけた不要な建材を使って松岡哲也が自分で修理した。そんな気がした。

「酒が弱いから、ひと口ふた口ですぐに酔っぱらって、それで大きな声が出ちゃうんだってさ。離婚を引きずってるんですよって、わたしが訊いたわけじゃない、松岡さんが自分から話してくれたんだ。これは近所も知らない話だけど、真鍋さんには話しておくね」

はあ、と真鍋はうなずいた。

「別れた奥さんは五つ上で、だからおれのことが頼りなかったんだと思う、って。奥さんは恵里ちゃんとは六つ違いの弟のほうだけ連れて出ていったって。恵里ちゃんにはわたし、二年前に越してきたときに言ったんだよ。お母さんが恵里ちゃんを残したのはお父さんのためなんだよって。恵里ちゃんがかわいくないわけじゃないよって。

そしたら恵里ちゃんさ、そんなのわかってるってわたしに言ったよ。けなげだろ？」

「……」

「松岡さんもね、声は大きいし口は悪いし、言葉も乱暴だけど、悪い人じゃないんだ。それはわたしが保証する。あんなふうだけど、恵里ちゃんも大丈夫さ。あの子はお父さんのこともお母さんのことも大好きなんだ。恵里ちゃんも松岡さんも、ふたりともかわいいよ。見てるだけで気持ちが明るくなる。本当はお家賃なんか要らないんだ。いてくれるだけでいいんだよ」ふと、ちか子がまじまじと真鍋を見た。「それにしても変わった人だねえ。昨日会ったばかりなんだろ。心配して来てくれたことは、感謝はしてるけどさ」

真鍋は苦笑いした。

「恵里ちゃんさ、不安なんだよ。少し前に役所の人が来てね。だれかが通報したらしいんだ。しょうがないんだよね。通報は市民の義務だし、それで救われる子どもがいるのも事実だからね」

真鍋は、約束ぜったいに守ってよと、きつい目で見つめてきた恵里佳の顔を思いだしていた。

そんな真鍋を見て、ちか子が笑った。

「わかってるよ。あんたが来たことは恵里ちゃんにも内緒にしておくよ」

庭のすみでずっと黙っていた山羊が同意するような声を出した。ちか子は、

「そうかい、そうしたほうがいいって？　おまえも同じ考えなんだね」山羊に声をかけ、真鍋には「少し持ってくかい？」と訊いて頭上の干し柿に顔を向けた。


事務所にもどると、真千子が待ちかまえていたように真鍋を長テーブルに座らせた。

「例の東京の、大谷さんの奥さまから、今朝電話があったの。大谷美紀さん。開口一番、夫には内密にしてほしいんですけど約束していただけますかって」

はあ、と真鍋は声を出さずに口をあけた。

「やっぱりって感じ？」真千子は、さぐるような目でこちらを見た。

「なんとなくご主人とは温度差があるようだとは感じてはいましたが、ぼくが思っていたよりも、もっと重荷だったということですかね」

「そうか。温度差ね」

真千子は、なるほどというように深くうなずいた。真鍋が感じていたのと同じことを、真千子も感じたのかもしれない。仕事場と自宅が同じ屋根の下にある。社長以上に社長の家族のほうが、公私のラインを引くことはむずかしいのかもしれない。真鍋

は、真千子を急かした。

「奥さんの内密の話って、なんなんです？」

うん、と真千子は黙って首を折り、物真似でもするように口調を変えた。

「けっしてあのペンションが不満というわけではないんです。価格もふくめてたぶんとてもいいお話なんだと思います。なにもわからない素人の言うことだと思って聞いてくださいねって、ていねいな前置きのあとにね、もう少しだけ便利のよい場所で、もう少しだけ規模の小さな物件て、そちらさまもお持ちだと思うんですよねって、そう言われたの」

美紀の言葉に真鍋は驚いていた。たしかに別荘地で暮らすのは不便だろうが、いちばん訴えたかったのは、規模の小さな物件という点ではないのか。精いっぱい遠まわしに言っているけれど、彼女が望んでいるのは、家族四人だけで生活できるこぢんまりとした家、ということだ。真鍋はそう考えた。

真千子はつづけた。

「美紀さんて、嫌味がなくて気遣いがあって、きっと頭もいい人なのね。だからってわけじゃないけど、わたしもついつられて言ってしまったのよ。ご家族四人で住むのに手ごろな広さ、ペンションでなくても、空き別荘でも民家でもいい、もしかしたら、ご主人のオフィスはできればご近所に別棟で。そういうことでしょうかって」

　思わず真千子の顔を見つめなおしてしまった。この人らしいと思った。真千子は、大谷美紀が本当に望んでいることを、きちんと言葉にした。夫の仕事場は今よりも近くに、でも別棟で。言いたかったが美紀は言葉にできなかった。

　そそっかしいからとか、うっかり者だとか、いつも真千子自身が先回りして自分のことをそんなふうに言うからまわりも否定しないけれど、本当はそんなに単純なことではないのだと、真鍋はおぼろげに感じていた。真鍋は、笑って真千子に告げた。

「正直だなあ」

「奥さまも笑ってらした。話のわかる社長さんでよかったって」

「ありますよって答えたんですか」

「まさか。そういうお話でしたら会社とはべつに、わたし個人でがんばらせていただきますって、そうお答えいたしました」

　四人家族向けの空き別荘あるいは空き家を、さらにそこからほどよい距離に数人の社員のためのオフィス向けの物件を、同じタイミングで用意する。そういうことだ。

「どう思う?」

「いいと思いますよ」真鍋は淡々と答えた。

「そうよね」真千子が感慨深げな声になった。「それ以上は、こちらが口出しするようなことではないものね。口出しできることでもないし。あとはご本人たちが決めることなのよね」

　真鍋の脳裏に、松岡恵里佳と父親の姿がよぎった。自分がしていることも、よけいな口出しなのかもしれない。

「でもね、わたしのばか正直な返事のせいか、奥さまも本音を聞かせてくれたのよ」

「本音？」

「ええ、そう。じつは夫が、なんだかなにもかも一度に進めようとして、無理をしているように見えて、それがいちばん心配なんです、って」

　たぶん真千子に対する信頼感が言わせたのだろう。妻も夫の危うさに気づいている。

　真鍋は一度会っただけの大谷美紀を思いうかべてみた。家柄のいい家で大切に、けれどきびしく躾けられてきた。そんな雰囲気があった。都会で小さな会社を経営する夫は、そういう妻を心の支えにしている。大谷秀樹が今もどこか少年ぽさを残していられるのは、妻のおかげかもしれない。

「こうもおっしゃってた。主人は話してくれないけど会社の業績もあまりよくないのかもしれません、それも心配してるんです、じつは夫に内密で義父にも相談しているんですって、そんなことまで話してくださったの。美紀さん、舅さんを尊敬しているみたい」

大谷美紀は、真千子には義母の死を話していない。ここで話すことではないと判断したのかもしれない。しかしそれとはべつに、義理の父親の様子がへんだという話を、美紀は知らないような気がした。

その日の朝、東京からの客を出迎えるために特急電車の停車駅に向かった。

数年前に建て替えられた駅舎は、山と清流をデザインしたという小さな美術館のような外観で、屋上の展望台から見る八ヶ岳連峰も存在感があって悪くない。

真鍋は車を降りてロータリーのすみに置かれたベンチに腰かけた。

すぐ下の道路からとつぜん現れた体操着姿の少女が、ロータリーを横切っていく。

思わずまばたきした。切りっぱなしのような長い髪をなびかせ、みごとなフォームで真鍋の目の前を走りすぎていったのは、松岡恵里佳だった。

師走の透きとおるような空気の中で、恵里佳は目立っていた。

白のトレーナーに、パンツは明るい臙脂色のジャージ。最初に中学の体育館で見かけたときに着ていた体操着だ。パンツと同じ色のジャンパーを手にし、ふくらんだスポーツバッグを提げている。部活の遠征試合かなにかで、仲間を待たせているのかもしれない。

ベンチの真鍋も目の前にあるエレベーターの扉も、目に入らないように、あっというまに階段に消えていった恵里佳は、生き生きとして輝いていた。まるでテレビコマーシャルのワンシーンのようだったと、真鍋はひそかに考え、ひとりで苦笑した。


同じ日、昼すぎに事務所にもどった。車を降り、建物をかこむ雑木林に入る。

紅葉まっさかりのころ、この林でジョービタキを見かけた。オレンジ色の体に白い頭。ひとなつこい愛らしい鳥だ。また会えないかと林を見まわして、ふと思いだした。

去年のことになる。大谷秀樹が欲しいと言っているペンション近くの林で車にもどろうとしたとき、ほほえましい光景を目撃した。真鍋の車の運転席のミラー相手に、一羽のジョービタキがせわしく動いていた。ミラーに映った自分を敵と勘違いして攻撃していたらしい。真鍋は今ごろ後悔した。大谷の子どもたちに話してやればきっと喜んだだろう。

雑木林を抜けて、建物の表に出た。

事務所の扉のすぐ前に、長身の男が立っていた。細身で銀髪。ジョービタキのオレンジ色にグレーを混ぜたような色あいの、着心地のよさそうなラフなジャケットを着ている。贅肉も、よけいな筋肉もつけていない下半身は黒のデニム。背中をまっすぐにした立ち姿はリラックスしている。

真鍋は砂利を踏んで近づいた。男がふりかえった。六十代後半か。すでに親しげな明るい笑みをうかべている。真鍋は自分が約束を忘れていたのかもしれないと考えた。

相手を思いだせないまま、男に声をかけた。

「いらっしゃいませ。すみません、お待たせしてしまいました」

男が破顔して、否定するように、あるいは詫びるように、軽く片手をあげた。

「とつぜん申しわけありません。大谷俊輔といいます。大谷秀樹の父親です」

知りあいだと思いこんだわけがわかった。父と子はとてもよく似ていた。

納得する真鍋の顔を、大谷俊輔は満足そうに見ている。メタルフレームの眼鏡の奥のまなざしはおだやかで前向きで、生きることへの興味を忘れてはいない。息子の秀樹が話していたような、妻を亡くした喪失感に苦しむ高齢の男といった印象はどこにもない。俊輔が微笑して切りだした。

「こちらで息子がお世話になっていると嫁から聞きまして」

それでさっそく八ヶ岳にやってきたということか。大谷美紀は、義理の父にどんなふうに相談したのだろう。真鍋は快活そうな俊輔の顔を見ながら、この人の話を聞きたいと強く思った。デスクワークは夕方からでも充分間にあう。俊輔に告げた。

「ご希望でしたら、現地にご案内させていただきますが」

ありがとうございますと俊輔が頭をさげた。

真鍋は扉の横の郵便受が空なのをたしかめて事務所の鍵をあけた。

応接スペース兼社内会議室の長テーブルの席を俊輔に勧める。

俊輔はテーブルに手をつき、腰をかばうような仕草をして、そろそろと腰かけた。

目をとめた真鍋に、俊輔がわけを話した。

「じつはこちらにうかがう前に甲府に住む友人と会う約束をしていたんですが、急に相手の予定が変わりましてね」すでに特急を降りてしまった俊輔はそれならひとりで昼食をとろうかと考え駅の外に出た。店の看板など見ながらエスカレーターを降りようとしたところに、上りのエスカレーターに飛び乗ろうと走ってきた若者のグループと正面衝突したという。「で、ころんで尻餅をついて、このありさまです。ちょうどタクシー乗り場の目の前で、ドライバーさんや、バスの案内所の方まで駆けつけてくれて、すっかりお騒がせしてしまいました」

「大丈夫だったんですか」

「病院の精密検査で、ただの打撲ですとお墨付きをいただきました」俊輔は笑った。おかまいなくという俊輔に甘えて、真鍋はペットボトルとグラスを運んだ。

「嫁は、息子がなにか焦っているようで無理をしているように見えると申しておりました。いい歳をして親ばかな話でお恥ずかしいのですが」

「とんでもない」真鍋は頭をふった。「ごく自然なことだと思います」

苦笑する大谷俊輔の顔を見ながら、子どもじみた愚痴をいう自分を見苦しいともらした大谷秀樹の姿を思いだしていた。次男の秀樹は兄も父も自分を見下していると口走った。父親は自分を親ばかだと言う。真鍋は俊輔にかまをかけてみた。

「しかし安心しました。じつは息子さんから、最近お母さまを亡くされたとお聞きしまして、お父上もさぞかしお寂しいでしょうと申しあげましたら、息子さんもお父さまのことをとても心配されていましたので」

「そうでしたか。息子がそんなことを。正直にお話ししますと、ほんの数日前まで我ながらすっかり混乱してしまって。急なことでしたので、じつはまだ現実とも思えません。男なんてあんがい弱いものですな。息子たちを心配させてしまいました」

「心よりお悔やみ申しあげます」

「ありがとうございます。わたしは定年後も、嘱託でしたがひどく多忙な仕事にかかわっていましてね、リタイアしてからは、その反動でまるで抜け殻のようでした。妻にリードされ、あちこち連れまわされて、それでようやく人間らしさをとりもどしたと思える毎日が、始まったばかりだったんですよ。妻がいなくなって、気がついたらひとりではなにも決められなくなっている自分がいて、途方にくれました。その心細さといったら、大海原でひとりきりで波にゆられているようで、こんな不安な気持ちに、とてもこれから先、耐えられないだろうと、思いつめたりもしました」

今はすっかり元気な俊輔の顔を見ながら、真鍋は黙ってうなずいた。

「そんなときに嫁から電話をもらってはっとしました。わたしもまだだれかに必要とされている、そう気づいたせいですかね。それで、嫁の気持ちを楽にさせてあげられるものならと考えまして。わたしのやることにどれほどの意味があるのかわからないが、むだ足になってもかまわない、とにかくなにかしよう、とりあえず外に出ようと、そう決めたら、なんだか妻に背中を押されたような気がしました」

つまり父親はやはりひきこもっていたということらしい。彼を表に連れだしたのは息子たちではなく、嫁と妻だったということか。

「じつは甲府の友人はわたしが無理やり誘ったんです。彼も忙しいのにね。でも特急を降りてしまったおかげで、甲府からの各駅停車からのんびり眺めた山の景色は、すばらしかった。しっかり元気をもらいましたよ。それで、五十年以上も前のことをとつぜん思いだしましてね」

「五十年、ですか？」

そうなんですよというように、俊輔は笑顔で大きくうなずき、話しつづけた。

各駅停車の電車の窓からは、南アルプス、八ヶ岳、右手には秩父山系も見えた。当時とくに登山が趣味というわけではなかったが、二十歳のころ東京の友人たちと陣馬山を歩いたことを思いだした。そのとき同じグループに数人の初対面の女子大生がいた。それが妻との出会いだった。とても目立つ華やかな人で、頂上の景色はすばらしいけど途中のつらいのはもういや、と言った女子大生を、そのときはただのわがままなお嬢さんだとしか思わなかった。なにもなく別れ、それから半年もしてからぐうぜんに再会した。

「結婚して数年も経ったときでしたか、ふいに思いだして妻にあの日のことを話したら、そんなこと言った憶えはありません、あなたの記憶違いよって言いあいになって。さっき電車の中で、そのときの妻を思いだしたんです。若くて、むきになって頬をふくらませて。思いだしたら電車の中で笑ってしまって。それで気がついたんです。笑い声を出したのは」俊輔が声をつまらせた。「妻がいなくなってから、はじめてだって。

わたしも笑い方を忘れていなかったんだと思って、ほっとしました」

事務所にメモを残し表の扉に鍵をかけて、大谷俊輔を裏の駐車場に案内した。

雑木林を抜けるときふたたび周囲を見渡してみたけれど、やはりジョービタキの姿はない。真鍋には、大谷俊輔をここに連れてきたのがあのオレンジ色のひとなつこい小鳥のように思えた。

俊輔は真鍋の隣に座った。

西に向かう車の中で、真鍋は中古ペンションについて説明した。俊輔が訊いてきた。

「プロとして息子のプランについてどう思われますか」

「商売抜きで申しあげますが、買い物としてはけっして悪くないと思いますよ」

俊輔が沈黙した。求めていた答えではなかったのだろう。彼は問いを変えた。

「あれは中央高速ですか」

そうです。真鍋は答え、この先にある三峰の丘のことを俊輔に話した。

気づくと、県道のずっと先を、まるでとまっているような速度でのんびり走っていた軽トラックに、いつのまにか追いついてしまった。隣で俊輔は、ため息まじりに周囲の山を見渡している。

坂の先を駅方面から走ってきた市民バスが近づいてくる。真鍋の前を走る軽トラのブレーキ灯が点いた。反対車線にとまったバスの乗降客を待つようだ。

バスの陰から初老の男性が顔を出し、軽トラに会釈して道路を渡っていく。

つづいて体操着を着た髪の短い少女が現れた。白のトレーナーに臙脂色のジャージ。松岡恵里佳と同じ中学の生徒のようだ。

真鍋の脳裏に、朝方見かけた恵里佳の走る姿がうかんだ。

目の前の体操着の少女が軽トラに会釈し、杖をついた女性をかばうようにしてゆっくり道路を渡っていく。歩きながらも慎重に左右を見て、真鍋の車のほうにも鋭い視線を向けてきた。

少女の顔を真正面から見て真鍋は驚いた。松岡恵里佳だ。ショートの髪型のせいで、もう少しで見逃すところだった。今朝は長かった恵里佳の黒髪は、今は襟足の生え際ぎりぎりの長さに刈りこまれている。遠征試合のあとにカットしたということか。いや違う。真鍋は恵里佳が提げている大きなバッグに目をとめた。

真鍋が恵里佳に気づいたのとほぼ同時だった。「あっ」と大谷俊輔が声を出した。

真鍋は思わず俊輔を見た。俊輔は恵里佳を見ているようだ。恵里佳は真鍋の車には気づかなかったらしい、すでに前を向き道を渡っている。真鍋は俊輔に尋ねた。

「なにか？」

「いえ」

俊輔は真鍋を見て微笑し、すぐに恵里佳のほうに顔をもどした。

「じつは数年前まで広告業界におりまして、プランのイメージに合う人物や風景や動物、なんでもさがしてまわるのがわたしの役目でした。つい、その癖が出ました」

「もしかしてあの体操着の中学生ですか」

「中学生なんですか」言ってから、俊輔は真鍋を見なおした。「お知りあいなんですか」

「ちょっとだけですが」

真鍋は答え、俊輔はふたたび恵里佳を目で追った。つぶやくような声が聞こえた。

「美少女という括りではないのかもしれませんが、興味を惹かれるタイプですね」

「なるほど」真鍋はうなずき、俊輔に尋ねた。「失礼ですが、以前の勤務先をお聞きしてもいいでしょうか」

俊輔が答えた広告会社は、真鍋も名前を知っている老舗の中堅企業だった。

「リタイアしても長年の癖は抜けないものですね」

俊輔の声を聞いて、真鍋はなぜか俊輔と恵里佳をひきあわせたくなった。

市民バスが走りだした。真鍋の右側を通りすぎていく。前の軽トラが動いた。

真鍋は迷っていた。ミラーを見たが、うしろに車はいない。

恵里佳と一緒に道を渡った高齢女性は、恵里佳にお辞儀をくりかえしている。恵里佳が困った顔で短く言葉をかえしている。もういいですよとでも言っているのかもしれない。高齢女性がようやく恵里佳に背を向け、杖をついて歩きはじめた。

真鍋は俊輔に訊いた。

「ちょっとだけ寄り道してもかまいませんか」

「もちろんです。わたしは急いではおりません。真鍋さんにおまかせします」

真鍋は車を動かした。道のはしを歩きだした恵里佳にゆっくり近づいていく。

恵里佳が歩をゆるめながら、首をまわしてうしろを見た。

髪を切った恵里佳は長い髪のときの野性味が薄まり、垢ぬけて、妙に大人びている。ちゃん付けしていいものか迷いながら、真鍋は声をかけた。

「恵里佳ちゃん」

真鍋の顔を見なおした恵里佳が目をみはった。真鍋は車をとめた。

「驚いたよ。ぐうぜんだね。ちょうど通り道なんだ。家まで送るよ」

恵里佳は答えず、車の奥を覗いた。とたんに切れ長の目を大きくみひらいた。

その驚きように真鍋のほうがうろたえながら、大谷俊輔をふりかえった。

俊輔は恵里佳におだやかな笑顔を向けていた。

「驚かせてごめんなさい。あやしい者ではありませんので、よかったらどうぞ」

真鍋の前に体を乗りだして、如才なく恵里佳にそう声をかける。

真鍋は恵里佳に視線をもどした。

恵里佳はまだ固まっている。視線は真鍋を通りこして、さぐるように大谷俊輔を見ている。一瞬見せた驚きはもう消えて、警戒しているように見えた。

松岡恵里佳は大谷俊輔を知っている。真鍋はそう直感した。

俊輔は真鍋の隣で、気さくそうな笑顔をつづけている。

彼のほうも、じつは恵里佳を知っていて、知らないふりをしているのだろうか。

恵里佳を見たとき俊輔は「あっ」と声をあげて、つい昔の仕事の癖が出たと言った。よく考えてみれば妙な反応だった。

親しげな笑顔をつづける俊輔と、警戒心を隠せずにいる恵里佳は、真鍋をはさんでまだ視線を合わせている。真鍋はなにも気づいていないような声で恵里佳に尋ねた。

「今日は部活はなかったの?」

恵里佳が夢からさめたような、とつぜん現実に引きもどされたような顔で、真鍋を見た。

「なかった」つられて答えてしまった、そんな感じの力の入らない声だった。

恵里佳自身も同じことに気づいたのだろう。ふいに恵里佳は、いつもの自分をとりもどそうとするかのように、顎をあげて強い目で真鍋を見た。

「歩いてくから、いいです」

そう言い捨てて前を向く。恵里佳が歩きだす前に真鍋は言葉をかさねた。

「髪を切ったんだね」

恵里佳が体を硬くした。俊輔がやさしい声をかけた。

「ロングだったの？　今の短いのも、とっても似合ってるけど」

たしかにショートのほうが垢ぬけている。けれどロングのほうが印象が強い。

恵里佳が視線をおとした。ふっ、と、体の力を抜いたように見えた。

真鍋は思いきって恵里佳に告げた。

「このお客さん、東京で、コマーシャルとか作ってる人なんだ」

恵里佳が顔をあげた。頭を動かして、もう一度車の奥を見る。

真鍋は上半身をうしろに引いて恵里佳に言った。

「有名な広告会社の、大ベテラン」

「おおげさなんだから。本気にしないでくださいね」

恵里佳に念を押す俊輔の声に、恵里佳の顔がようやくやわらいだ。

けっきょく三人の会話のあいだに県道を走り抜けた車は一台もなかった。

恵里佳は後部席に座った。ミラーを盗み見ると、口元に小さな笑みがうかんでいた。

「大谷俊輔といいます」

俊輔が体をねじって名乗った。うしろから声がかえってきた。

「松岡恵里佳です」

真鍋も後部席に声をかけた。

「じつは今朝、駅で見かけたんだ」

「へえ。ぜんぜん気がつかなかった」恵里佳はリラックスした声で答えた。

「バスケの遠征かと思ったよ」

恵里佳が言いかえそうとするかのように口をとがらせたが、すぐにしぶしぶ答えた。

「朝からさぼって、カットしに行ったの」

「そうかあ」真鍋は笑った。「鞄の中身は制服じゃなくて私服ってことか」

恵里佳が沈黙し、俊輔が尋ねた。「バスケやってるんですか」

「はい」恵里佳は教師に答えるような声を出した。

真鍋は考えた。ふたりが知りあいだとしたら、甲府で会ったのではないだろうか。

真鍋は恵里佳に言った。「その髪の毛、いいね。どこで切ったの」

「教えない。言っても真鍋さんは知らないよ」

恵里佳はそっけなく答え、真鍋は前を向いたまま大きく肩をすくめてみせた。ちらりと目をやると、俊輔が声を出さずに笑っていた。

集落は今日も静かだった。恵里佳が短く告げた。

「ここでいいよ」

「いいよ、家まで送るよ。山羊がいるんでしょ。声が聞こえた。山羊、見てみたいな」

「昼間は飼い主さんが畑に連れてくから、いないよ」

恵里佳がぶっきらぼうに答えた。俊輔がうしろに聞こえるように声を大きくした。

「山羊に草とりをさせるんですよね」

真鍋は恵里佳が笑顔になるのをミラー越しに見た。

「そういう人、多いですけど、その山羊は大家さんのおばあちゃんが飼ってるんです。亡くなったおじいちゃんが飼いはじめて。だからペットに近いです」

ちか子の家の庭に車を入れた。南側の畑に、こちらに歩いてくるちか子の姿が見えた。真鍋の車を見たのかもしれない。真鍋は先手を打って運転席から声をかけた。

「とつぜんすみません。真鍋といいます。少しのあいだ車を置かせてもらえませんか」

「かまいませんよ」ちか子がススキのあいだから声をはりあげた。「福田っていいます」

真鍋の芝居に合わせたちか子に、やるじゃないですかと笑みをかえした。

庭の入り口で俊輔と恵里佳が降りた。俊輔がちか子に名乗った。

「こんにちは。大谷といいます」

ちか子は俊輔に答える前に恵里佳を見て目を丸くした。

「恵里ちゃんどうしたのさ、その頭」

「ちょっとね。帰りに切ってきた」

「なかなかおしゃれじゃないか。あたしも切ろうかな」

ちか子の白髪はこれ以上切れないくらいに刈りあげてある。四人は笑い声をあげた。

真鍋はちか子に誘導されて車庫に車を入れた。ちか子が小声で言う。

「ここ、夜は恵里ちゃんのお父さんが使ってるんだよ」

恵里佳は庭の入り口で大谷俊輔と話していた。

「父とふたりで離れにいるんです。おばあちゃんは、今は母屋でひとり暮らしです」

もどってきたちか子に俊輔が声をかけた。「おひとり暮らしなんですか」

「そう。この村は八十過ぎた未亡人ばかりですよ」

俊輔が苦笑した。「畑仕事もおひとりで?」

「たいした広さじゃないからね。すぐ近くだし。畑、見てみるかい?」

「え? はい。お邪魔でなければ」

ふたりは背を向け、ススキにかこまれた細い道を歩きはじめた。腰が深く曲がっているのに、ちか子は杖も使わずしっかりとした足どりだ。彼女は真鍋を恵里佳とふたりきりにしたいのかもしれない。そう考えていた真鍋に、恵里佳がささやいた。

「畑、そんなに近くないよ」

「そうなの?」真鍋は恵里佳の顔を間近に見て、思わず尋ねた。「髪を切るために、朝からさぼったの?」

「なにそれ」恵里佳が不機嫌そうな声を出した。「大谷さんはどこまで知ってるの。どうしてあの人、ここにいるの」

やっぱり、という言葉を、真鍋はとっさにのみこんだ。意外なことを聞いたという顔をつくって、恵里佳に訊いた。

「大谷さんのこと、知ってるの?」

「知るわけないじゃん」

恵里佳が間髪いれずに答えた。真鍋は慎重に言葉をさがした。

「……その髪の毛、どこで切ったの」

「訊いてどうすんの」

「なんでそんなにむきになるのさ」

恵里佳が地面に目をおとした。

ふたりで黙りこむと、集落の静けさが急に気になった。

自分はここでなにをしているのだろう。真鍋は遠くに目をやった。甲斐駒ヶ岳がいかつい顔で、今さらなにを言ってるんだと笑っている。まったくだ、と真鍋はひそかに苦笑いした。ふと、最初に会った朝に恵里佳が言った言葉を思いだした。

今の、見なかったことにして。約束だよ。

ためしに、恵里佳に言ってみた。

「聞かなかったことにするよ。約束する」

恵里佳は数秒考えたあとで、顔をあげて真鍋を見た。細い目が笑っていた。共犯者の微笑だった。さらに恵里佳の唇が動いて口角があがった。個性的な顔が笑い顔に変わっていく様子を見ながら、真鍋は大谷俊輔の言葉を内心でくりかえしてみた。興味を惹かれるタイプですね。プロの言葉だと思った。真鍋なら単に魅力的と言うだろう。どちらにしても、当の恵里佳自身は、たぶんまったく気づいていない。

ふいに恵里佳が微笑を消した。真鍋を見る瞳に、一瞬すがるような気配が見えた。

「手術するつもりだったんだ」

「手術？」

「二重まぶたにするつもりだったの。だけど病院で話を聞いてるうちに気が変わって、やめることにした」

さらりと答える恵里佳にとまどいながら、真鍋はぽつりと尋ねた。

「……そんなに簡単にできるの？」

「みたい。ネットで調べたら、ずっと貯めてきたお金で払えそうだったし、保険が効かないっていうから、年齢もうそついたらぜんぜん平気だったし。でもなんとなく……どうでもよくなった。でもさ」恵里佳も駒ヶ岳に目をやった。「せっかくさぼったんだから、髪の毛くらい切らなくちゃね」

恵里佳の言葉につられて真鍋は恵里佳の髪に視線を向けた。

真鍋の目の動きをとらえた恵里佳が、皮肉そうに唇をななめにあげた。

「わかるよ、おじさんが考えてること」

真鍋は、やはり長い髪のほうがいいなと考えていた。髪をなびかせて体育館を、そしてロータリーを走る恵里佳の姿を思いうかべ、もったいないような気がした。けれど恵里佳はたぶん違うことを考えている。そう思ったが、真鍋は笑ってかえした。

「そうか。当ててごらん」

「お父さんがわたしの長い髪をつかんで引っぱったりするなんてことが、できなくなるようにするため、とか？　違う？」

真鍋は思わず恵里佳の顔を見つめた。

恵里佳は、どこか得意そうな目でまっすぐに見つめかえし、うれしそうな声を出した。「残念でした。はずれです。お父さんは関係ないよ」

「そうか……」

真鍋の弱い声を聞いて、恵里佳は無邪気に笑った。

恵里佳は、自分が髪を切ったのは父親が長い髪をつかんで引きずったりできなくなるようにするためだと真鍋は考えていると推測した。そして恵里佳のそんな憶測があまりに意外で思わず恵里佳を見つめてしまった真鍋の驚きを、恵里佳は自分の憶測が当たったからだと勘違いした。真鍋は訂正しなかった。

「お父さんはね、強がっているけどホントはそんなに強くないって、わたし思ってるの。わたしがいなくちゃ、だめなんだよね」

父親に髪を引っぱられてのけぞる恵里佳の姿が、真鍋の脳裏によぎった。父親の暴力を怖いと思ったときも、つらかったときも、なかったはずはない。恵里佳自身にも自分の気持ちがわからないまま、自分に言い聞かせているのかもしれない。

しかし今、目の前でにこにこ笑っている恵里佳は、幸福そうに見えた。

ふいに真鍋の目頭が熱くなった。恵里佳と同じ、当時中学二年生だった少女の顔がうかんだ。真夜中の運河の上で出会い、名乗りあうこともなく別れた少女は、その翌年の夏休みに真鍋をさがしだして八ヶ岳に訪ねてきた。明日香と名乗り、真鍋に言った。「あの夜のこと感謝してます」。真鍋はずっと、橋の上で会った少女のその後を心配していた。真鍋も明日香も運河に飛びこむつもりだったのだ。けれど明日香は、元気でいてくれた。それだけで真鍋は胸がいっぱいになった。橋の上で別れて一年後に再会した明日香が言った。「一年前の自分に言ってあげたいの、つらくても、でも大丈夫だよって」。

目の前の恵里佳の笑顔に、あの夏の日の明日香の顔がかさなった。

「あのね、お母さんが言ってたんだけどね、お父さんは外面がいいんだって」

どう思う？　と問いかける恵里佳のまなざしに真鍋はさりげなく答えた。

「なるほどね」

同意を得たと考えた恵里佳は、ね？　と満足そうにうなずいた。

「お父さんが大きな声を出すのは、わたしやお母さんにだけで、外ではいい人のふりをしてるんだって。わたし、それはお父さんが家では安心してるっていうことだと思うの。前にお母さんにそう言ったら、お母さんも、そうかもしれないねって言っていた。わたしね、お母さんはお父さんのこと、本気で憎んだり恨んだりしてないし、大嫌いになったわけでもないって思ってるんだ」

ふたたびまなざしで問いかけられて、真鍋は小さく苦笑してうなずいた。

恵里佳は安心したように微笑して口をとじた。

自分にそれ以上のことが言えるだろうか。真鍋はちか子と俊輔が消えていった野原に目をやった。茶色い小鳥がススキの穂にとまって種をついばんでいる。

「あのね、本当はね」恵里佳の声はやはり明るい。「髪を切ったのは走るとき邪魔だったからなの。部活でも前から言われてたし」

「部活で？」

思わず訊いてしまった。真鍋は後悔した。恵里佳が鋭い目で見かえしてきたのだ。

恵里佳は自分が口をすべらせたことに気がついたのだろう。本当は部活でなにかあったのかもしれない。恵里佳は目立つ。スカウトされて入部したということもある。チームメイトにも嫉妬されていたかもしれない。

「部活の監督に、先生に、言われたんだよ」

くやしそうな声で恵里佳はそう言いかえして、真鍋の顔から視線をはずした。

訊きかえしてしまった自分の言葉を真鍋は悔いた。

「わかった。これでおしまい。今の話は約束どおり聞かなかったことにするよ」

「まだ、全部じゃないんだけど」

恵里佳は弱い声で言った。それでもいいの？　と真鍋の顔を盗み見た。

「もういいよ。しつこくして悪かったね」

恵里佳は小さな頭をふった。真鍋から目をそらして一気に言った。

「甲府で大谷さんと会ったの。駅前で」

そのあとの恵里佳の短いためらいに、真鍋は口をはさんだ。

「無理に話すことはないよ」

「いいの。あの人も約束守ってくれたもの」

「約束？」

「そう。大谷さんね、駅の外のエスカレーターの前で、すごい勢いで走ってきた人とぶつかって、思いきりころんだの。で動けなくなっちゃって」

そうだったのか……。真鍋はほっとして、そっと息を吐いた。

「びっくりしちゃった。ちょうどわたしのすぐ前だったから起こしてあげてたら、まわりに何人も人が集まってきて、わたしまずいと思って逃げようとしたのに、大谷さんが腕をつかんで名前を訊いてきた。だから言ったの。わたしのことはだれにも言わないでって。ぜったい約束してって。そしたら大谷さん、わかったって言った。約束、ちゃんと守ってくれたんだよ。でもさ、あの人、本当に真鍋さんのお客さんなの?」

「そうなんだよ。ぐうぜんなんだ」

「へえ、そうなんだ」秘密を話せたせいか恵里佳の声ははずんでいた。「ねえ、大谷さん、ロングだったのってわたしに訊いたでしょ?」

「ああ、言ってたね」

「でもね、エスカレーターの下でわたしが助けてあげたとき、わたしまだ、髪を切る前だったんだよ。あのお芝居、すごく上手だったよね。わたし、笑うの我慢してたの」

真鍋は記憶をたどった。たしかに恵里佳は、俊輔に訊かれた直後に体の力を抜いた。

「そうだったのか。ぼくもだまされたよ」

「すごいよね、大人って」

「だけど広告会社にいたっていう話は、うそじゃないよ」

恵里佳に念を押した。大谷俊輔は恵里佳に仕事上の興味があるように思えた。少女の恵里佳も俊輔の仕事について知りたいのではないだろうか。そう考えたからだ。

恵里佳がとまどうようにまばたきをした。真鍋の言葉をどう受けとっていいのか、迷っているのかもしれない。

「ねえ、大谷さん、わたしがさぼったことを知って、それで心配して、真鍋さんとふたりきりで話せるようにしてくれたのかな」

「そうかもしれないね」

そのとき、ポケットのスマホに振動を感じた。ごめん、と片手をあげ、スマホを出しながら恵里佳に言ってみた。「大谷さんに訊いてみればいいよ」

恵里佳は黙って首をすくめた。

スマホの画面には大谷秀樹と表示されていた。なんだかいやな予感がした。思わず恵里佳を見た真鍋の顔にもそれが表れていたのだろうか、恵里佳は「わたしちょっと畑を見てくるね」と告げ、返事も聞かずに背を向け走り去った。

真鍋は電話をつないだ。「真鍋です。どうかしましたか」

「今、ゆっくりお話できますか」

「はい、大丈夫です」

「例のペンションの件ですが、申しわけない、こちらの事情が変わりまして」

「そうですか。承知しました。どうかお気遣いなく」

正式な手続きはまだなにも始まってはいない。

「何度もお付きあいいただいたのに、本当に恐縮です」

「とんでもないです。でももしさしつかえなければ」

「ええ、もちろん理由をお話しします。聞いてくれますか」

「ぜひ」

大谷秀樹の会社の社員は四人。最年長の三十代の男性が秀樹に打ちあけた。彼自身は都内でひとり暮らしをしているが、両親が千葉のひなびた漁師町にいる。今までいつでも帰れるという気安さから帰省することはほとんどなかった。子どもは彼ひとり。定年退職が近い父親と専業主婦の母親が、息子の勤務先が都内から長野に移ると聞いてひどく心細がっている。父親の体調が思わしくないこともあるらしい。彼は悩んだすえに退職願を書いた。社長の片腕で若い社員とのパイプ役だった。彼自身がいちばん無念だったと思う。自分が部下を追いつめたような気がした。大谷秀樹は、真鍋にそう話した。

「周囲の同意を得たつもりで、いつのまにか自分本位に進めていたんでしょうね」

「お母さまのことでお疲れだったということも、あったんじゃないんですか」

「でもそれはわたしだけではありません。じつは妻に部下の話をしましたら妻のほうが動揺してしまって、わたし以上にいろいろ考えていたんだと、気づかされました」

秀樹は妻の本心をはじめて知った。家族四人で田舎で暮らすのは、子どもたちのためにもとてもいいことだと思う。だけどやはり、同じ屋根の下で一日じゅう社員と一緒に過ごすのは不安だ。美紀は秀樹にそう告白したという。秀樹は妻も理解し賛成してくれているものと思いこんでいた、真鍋に、反省しましたと本音をもらした。しかしその声は明るく、すでに気持ちは吹っきれているようだ。大谷美紀は田舎暮らしに前向きだ。大谷家の家族の移住がなくなったわけではない。

真鍋はスマホをしまった。日がおちるとさすがに師走の寒気が訪れる。ようやく八ヶ岳らしい冷えこみがやってくると思うと、どこかほっとする。

すじ雲が動いていく。ススキのあいだから影が近づいてくる。

三人と山羊一頭は真横に並んでいる。真ん中に、腰の曲がった小さなちか子、長身の俊輔と恵里佳が、ちか子の手を引くように両側を歩いている。山羊は恵里佳が引いている。森もススキも夕日に染まっている。真鍋は目を凝らした。小さかった舞衣に読み聞かせた絵本に、よく似た景色があったような気がする。

真鍋に電話があったことを恵里佳から聞いたのか、俊輔が呼びかけてきた。

「お待たせしました。お時間は大丈夫ですか」

「大丈夫です」真鍋は答えた。

「わたしはちか子さんのお茶をいただいて、もう少しゆっくりしていきます。そのあとバスで駅までもどって特急に乗るつもりです」

「真鍋さん、バス停にはわたしが送るから心配しなくていいよ」

恵里佳が真鍋に手をふる。真鍋の口出しも手出しも、必要ないようだ。ふと、橋の上で会った少女の声が聞こえた。つらいけど、でも大丈夫だよ。

八ヶ岳・やまびこ不動産　冬の調べ

2021年9月17日　第1刷発行

著　者　　長田一志
発行人　　久保田貴幸

発行元　　株式会社 幻冬舎メディアコンサルティング
〒151-0051　東京都渋谷区千駄ヶ谷4-9-7
電話　03-5411-6440（編集）

発売元　　株式会社 幻冬舎
〒151-0051　東京都渋谷区千駄ヶ谷4-9-7
電話　03-5411-6222（営業）

印刷・製本　シナジーコミュニケーションズ株式会社
装　丁　　堤千春

検印廃止

Printed in Japan
ISBN 978-4-344-93544-0 C0093
幻冬舎メディアコンサルティングＨＰ
http://www.gentosha-mc.com/